星《ほし》のカービィ

メタナイトと銀河最強《ぎんがさいきょう》の戦士《せんし》

高瀬美恵《たかせみえ》・作
苅野《かりの》タウ・ぽと・絵

角川つばさ文庫

もくじ

POP STAR
POP STAR
POP STAR
POP STAR

キャラクター紹介《しょうかい》

★カービィ

食《く》いしんぼうで
元気《げんき》いっぱい。
吸《す》いこんだ相手《あいて》の
能力《のうりょく》をコピーして使《つか》える。

★メタナイト

常《つね》に仮面《かめん》をつけていて、
すべてが謎《なぞ》に
つつまれた剣士《けんし》。

★デデデ大王《だいおう》

自分勝手《じぶんかって》でわがままな、
自称《じしょう》プププランドの王様《おうさま》。

★ワドルディ

デデデ大王《だいおう》の部下《ぶか》で苦労人《くろうにん》。
カービィとは友《とも》だち。

★モーア

メタナイトの部下《ぶか》に
なりたがっている男《おとこ》の子《こ》。

メタナイトの部下《ぶか》たち

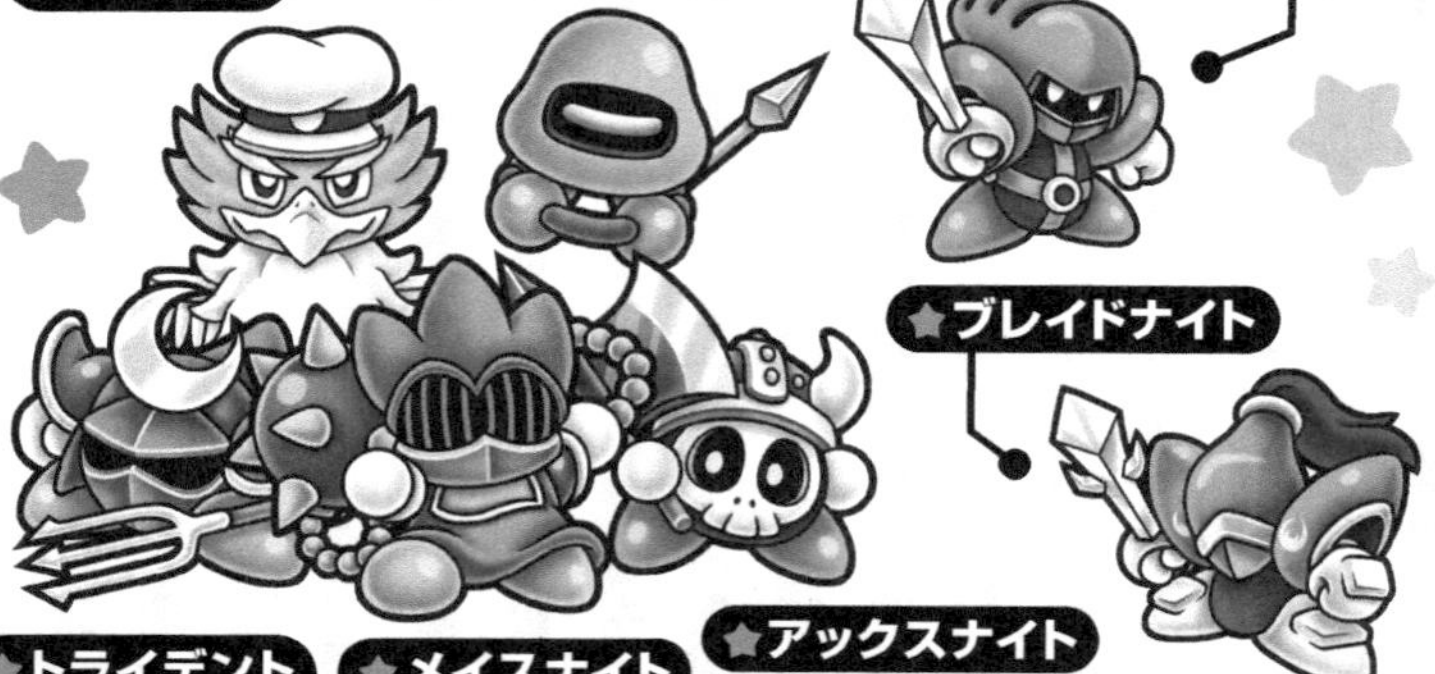

★バル艦長《かんちょう》

★ジャベリンナイト

★ソードナイト

★ブレイドナイト

★トライデントナイト

★メイスナイト

★アックスナイト

1 新《あたら》しい部下《ぶか》!?

にぎやかな大通《おおどお》りを、ワドルディはよたよたしながら歩《ある》いている。

なぜ、よたよたしているのかというと、山《やま》のような包《つつ》みを両手《りょうて》にかかえているからだ。

ワドルディの前《まえ》を歩《ある》いているのは、デデデ大王《だいおう》。大王《だいおう》はきげんの良《よ》さそうな顔《かお》で言《い》った。

「さて、次《つぎ》は噴水広場《ふんすいひろば》のブティックに行《い》くぞ！　最近売《さいきんう》り出《だ》した、ピカピカ・スパンコール・スーツが大人気《だいにんき》だそうだ。ま、オレ様《さま》は流行《りゅうこう》なんかに左右《さゆう》されないが、試着《しちゃく》だけでもしてやれば店《みせ》の者《もの》が感激《かんげき》するだろう。これも、大王《だいおう》としてのつとめだわい」

「だ、大王様《だいおうさま》……」

ワドルディは、苦《くる》しそうな声《こえ》を上《あ》げた。

「ぼく、もう荷物《にもつ》を持《も》てません……スーツは、次《つぎ》にしましょう……」

「何《なに》？　ワドルディ、それしきの荷物《にもつ》で、へこたれたのか？　だらしない！　それでもオレ様《さま》の部下《ぶか》か！」

「すみませ……」

「もう、お買《か》い物《もの》なんて、あきあきだよ！　ちょっとお休《やす》みしようよ！」

ワドルディをさえぎって大声《おおごえ》を上《あ》げたのは、カービィだった。

カービィもやはり、ワドルディと同《おな》じように、大荷物《おおにもつ》をかかえている。

デデデ大王《だいおう》は足《あし》を止《と》めて振《ふ》り返《かえ》り、ジロリとカービィをにらんだ。

「……なんで、オレ様《さま》の楽《たの》しい休日《きゅうじつ》に、キサマがくっついてきたんだ、カービィ」

「くっついてないよ！　ぼく、遊《あそ》びにきただけなんだから！」

カービィは、ぷーっとふくれっ面《つら》になった。

ここは、プププランドからちょっとだけはなれた場所《ばしょ》に新《あたら》しくオープンしたショッピングモール。大《おお》きな通《とお》りや広場《ひろば》に面《めん》して、おしゃれなブティックやカフェが並《なら》んでいる。たまたま遊《あそ》びにきたカービィは、たまたま遊《あそ》びにきていたデデデ大王《だいおう》とはち合《あ》わせてしまったのだ。

大王《だいおう》のおともは、部下《ぶか》のワドルディ。カービィは、大《おお》きな荷物《にもつ》をいくつも持《も》たされているワドルディをかわいそうに思《おも》い、半分持《はんぶんも》ってあげることにした。なのに、デデデ大王《だいおう》は、まだ買《か》い物《もの》を続《つづ》けようとしている。

「フン、足手《あしで》まといだわい……と言《い》いたいところだが、さすがのオレ様《さま》も少《すこ》し歩《ある》き疲《つか》れてきたな」

くるりと見回《みまわ》してみると、黄色《きいろ》い看板《かんばん》をかかげた、かわいいカフェが目《め》に入《はい》った。

「よし、あそこでケーキでも食《く》うとするか！」

たちまち大王《だいおう》は走《はし》り出《だ》した。

ケーキと聞《き》いて、カービィの目《め》の色《いろ》が変《か》わった。

「え、ケーキ!? 食《た》べたい、食《た》べたい！ あと、パフェとパンケーキとマカロンとピザとパスタとハヤシライスと、あと、あと……」

カービィは考《かんが》えこみながら、デデデ大王《だいおう》を追《お》い抜《ぬ》きそうないきおいで走《はし》り出《だ》した。

「待《ま》ってよ、カービィ！」

ワドルディも、よたよたと二人《ふたり》のあとを追《お》いかけた。

席《せき》につくやいなや、カービィとデデデ大王《だいおう》はメニュー全品《ぜんぴん》を注文《ちゅうもん》し、十分《ぷん》とたたないうちにすべて食《た》べきってしまった。

「んん～、おいしかった！　ぼく、カップケーキおかわり！」

「オレ様《さま》はパンケーキおかわりだ！　十人前《にんまえ》もってこい！」

「は、はい、ただいま……」

店員《てんいん》は、二人《ふたり》の食欲《しょくよく》にたじろぎながら、注文《ちゅうもん》をメモした。

ワドルディはおとなしくパフェを食《た》べていたが、ふと、壁《かべ》にはってあるポスターに目《め》をとめた。

「銀河最強伝説《ぎんがさいきょうでんせつ》……ギャラクティックナイト見参《けんざん》……？」

ポスターの文字《もじ》を読《よ》み上《あ》げたワドルディに、デデデ大王《だいおう》が問《と》いかけた。

「なんだと？　ギャラクティックナイトがどうした？」

「あ、あの、ポスターに……」

ワドルディが指《ゆび》さすほうを見《み》ると、なるほど、はでなポスターがはってある。

キラキラした仮面《かめん》をつけた戦士《せんし》のイラストだ。その下《した》に、大《おお》きな文字《もじ》で「銀河最強伝《ぎんがさいきょうでん》説《せつ》・ギャラクティックナイト見参《けんざん》！」というタイトルが書《か》かれているようだ。

「なんだ、あれは？」

首《くび》をかしげたデデデ大王《だいおう》に、店員《てんいん》が説明《せつめい》した。

「ああ、あれは映画《えいが》のポスターですよ。大《だい》ヒット上映中《じょうえいちゅう》なんです」

「映画《えいが》だと？　ふん、くだらんな」

大王《だいおう》はそっぽを向《む》いたが、カービィが興味《きょうみ》を示《しめ》した。

「映画《えいが》？　どんなお話《はなし》なんだろう？」

カービィの疑問《ぎもん》に、店員《てんいん》が答《こた》えてくれた。

「かの有名《ゆうめい》なギャラクティックナイトが、封印《ふういん》をとかれて大《おお》あばれするっていうストーリーです。アクションあり、ロマンスありの超大作《ちょうたいさく》で、大《だい》スターがたくさん出演《しゅつえん》してるんですよ」

「ふうん……？」

カービィにはピンとこない。ぱちぱちとまばたきをしていると、デデデ大王《だいおう》が言《い》った。

「カービィ、ひょっとして、ギャラクティックナイトを知《し》らんのか？」

「うん。知《し》らない……」

「ハハ！　世間知《せけんし》らずにもほどがあるわい。ギャラクティックナイトは、あまりにも強《つよ》すぎることで有名《ゆうめい》な、伝説《でんせつ》の戦士《せんし》だ。星《ほし》を一つぶっこわすことぐらい朝《あさ》メシ前《まえ》という、おそろしいほどの強者《つわもの》だぞ」

「え……！」

カービィはびっくりした。デデデ大王《だいおう》が、こんなにすなおに他人《たにん》をほめるなんて、めったにないことだ。

「デデ大王《だいおう》、会《あ》ったことあるの？」

「あるわけないわい。ギャラクティックナイトは、この世《よ》にいないんだからな」

「え？　どういうこと？」

「ヤツが生《い》きていたのは、ずっとずっと大昔《おおむかし》のことだ。あまりに強《つよ》すぎるために、封印《ふういん》されてしまったんだ」

「封印《ふういん》……って？」

「さあな。くわしいことは知《し》らんが、力《ちから》をうばわれて、動《うご》けなくされたんだろう。今《いま》となっては、ヤツがどこで、どんな風《ふう》に封印《ふういん》されてるのか、だれにもわからん……」

そう言《い》いかけて、デデ大王《だいおう》はふと思《おも》い出《だ》したように、言《い》い直《なお》した。

「いや、そういえば、一人《ひとり》だけいたな。ギャラクティックナイトに会《あ》ったことがあるってヤツが」

「え!?　だれ!?」

「メタナイトだ」

思《おも》いがけない名《な》を聞《き》いて、カービィもワドルディも目《め》をまるくした。

「メタナイトが？　どうして？　ギャラクティックナイトは、大昔《おおむかし》に封印《ふういん》されたんでしょ？」

「そのはずだが、どうにかして封印《ふういん》をといて、ギャラクティックナイトをこの世界《せかい》に召喚《しょうかん》したらしいのだ」

「どうやったんだろう？」

「知《し》らんわい。ヤツの部下《ぶか》が、自慢《じまん》たらしく話《はな》しているのを小耳《こみみ》にはさんだだけだからな。メタナイトのヤツ、ひとに知《し》られたくないらしく、すぐにさえぎってしまった。だから、くわしいことはわからん」

「メタナイトは、ギャラクティックナイトを呼《よ》び出《だ》して、何《なに》をしたんだろうね」

カービィとワドルディは顔《かお》を見合《みあ》わせ、考《かんが》えた。

「えーと……いっしょに、おやつを食《た》べたとか……」

「うーん……大昔《おおむかし》のお話《はなし》を聞《き》かせてもらったとか……」

デデデ大王《だいおう》は、「フフン」と鼻《はな》で笑《わら》った。

「何《なに》もわかっとらんな。おまえたちじゃあるまいし、メタナイトが、そんなのんきなことをするもんか」

「じゃ、デデデ大王《だいおう》はどう思《おも》うの？」

「わざわざ、銀河最強《ぎんがさいきょう》の戦士《せんし》の封印《ふういん》をとき、この世界《せかい》に呼《よ》びよせたんだぞ！　その目的《もくてき》といったら、ただ一つ！」

デデデ大王《だいおう》は、自信《じしん》たっぷりに続《つづ》けた。

「サインをもらうために決《き》まってるわい！」

「……えー。そうかなあ」

カービィは、うたがわしそうな顔《かお》をした。

ワドルディが言《い》った。

「あの、大王様《だいおうさま》。一つ、わからないことが……」

「なんだ。なんでも聞《き》け。オレ様《さま》が答《こた》えてやる」

「ギャラクティックナイトは、今《いま》も封印《ふういん》されているんでしょうか？」

「当然《とうぜん》だわい。星《ほし》を一つぶっこわすぐらい朝《あさ》メシ前《まえ》という、化《ば》け物《もの》みたいに強《つよ》い戦士《せんし》だぞ。

封印《ふういん》されてなきゃ、たいへんなことになる」

「ということは、一度《いちど》とかれた封印《ふういん》を、またやり直《なお》したということですよね？　メタナイト様《さま》が封印《ふういん》したんでしょうか？」

「……ん？」

もっともな疑問《ぎもん》だった。デデデ大王《だいおう》は、首《くび》をひねった。

「フム……考《かんが》えてみれば、おかしな話《はなし》だな。ギャラクティックナイトが、おとなしく封印《ふういん》されるとは思《おも》えんし、一騒動《ひとそうどう》あったはずだ……」

三人《にん》は考《かんが》えこんだが、そこへちょうど、注文《ちゅうもん》したパンケーキ十人前《にんまえ》が運《はこ》ばれてきた。大《だい》王《おう》は大《おお》きな舌《した》でぺろりと舌《した》なめずりをした。

「おお、いい匂《にお》いだわい。十人前《にんまえ》では物足《ものた》りんな。あと三十人前《にんまえ》、もってこーい！」

カービィも、運《はこ》ばれてきたカップケーキに飛《と》びついた。

「ぼくも、もっともっと、おかわりだよ〜！　カップケーキ、五十人前追加《にんまえついか》〜！」

カービィもデデデ大王《だいおう》も、そしてワドルディも、楽《たの》しいデザートタイムに夢中《むちゅう》で、ギャラクティックナイトの話題《わだい》なんてすっかり忘《わす》れてしまったが――。

そんな三人《にん》の背後《はいご》の席《せき》に座《すわ》っていた客《きゃく》が、静《しず》かに席《せき》を立《た》った。

大《おお》きな帽子《ぼうし》をまぶかにかぶっている。帽子《ぼうし》にかくされた瞳《ひとみ》は、どん欲《よく》な光《ひかり》をたたえていた。

「メタナイト……か。なるほどな。いい情報《じょうほう》だ」

ほくそ笑《え》んでつぶやくと、その客《きゃく》は伝票《でんぴょう》をつかみ、足早《あしばや》に席《せき》をはなれた。

「銀河最強伝説《ぎんがさいきょうでんせつ》・ギャラクティックナイト見参《けんざん》……だって」

「おもしろそうだス。見《み》に行《い》きたいだス！」

戦艦《せんかん》ハルバードのロビーで、メタナイツの面々《めんめん》が、映画《えいが》のチラシを囲《かこ》んでわいわい話《はな》している。

盛《も》り上《あ》がるメタナイツに、しらけたように言葉《ことば》をかけたのは、ソードナイトだった。

「映画《えいが》なんて、要《よう》するに、作《つく》り話《ばなし》じゃないか。ホンモノのギャラクティックナイトが出演《しゅつえん》しているわけでもあるまいし、迫力《はくりょく》に欠《か》けるな」

せっかく盛《も》り上《あ》がっているところへ水《みず》をさされ、メタナイツたちはムッとした。メンバーの一員《いちいん》、トライデントナイトが言《い》った。

「そんなことはないぞ。全銀河《ぜんぎんが》が泣《な》いた大傑《だいけつ》作《さく》だって評判《ひょうばん》なんだ!」

「ふん。そんなの、ありきたりの宣伝文句《せんでんもんく》じゃないか」

ソードナイトはバカにしたように笑《わら》った。相棒《あいぼう》のブレイドナイトがつけ加《くわ》えた。

「どれほどの名優《めいゆう》が、どれほどの特殊技術《とくしゅぎじゅつ》を使《つか》ったって、ホンモノの迫力《はくりょく》は出《だ》せっこないさ。なにしろギャラクティックナイトは、超《ちょう》絶最強《ぜつさいきょう》の伝説《でんせつ》の戦士《せんし》だからな!」

これを聞《き》いて、メイスナイトが言《い》い返《かえ》した。

「だけど、大昔《おおむかし》のひとだス。もう生《い》きてはいないだス！」

「いや、死《し》んでもいないぞ。ギャラクティックナイトは、今《いま》もどこかに封印《ふういん》されているはずなんだ」

メタナイツたちは顔《かお》を見合《みあ》わせ、口々《くちぐち》に言《い》った。

「つまり、どこかで生《い》きてる……ってことか？」

「封印《ふういん》されてるってことは、生《い》きてるとは言《い》えないんじゃないか？」

「いや、封印《ふういん》されてるだけなんだから、生《い》きてるだろう。封印《ふういん》をとく方法《ほうほう》さえあれば、今《いま》すぐにでもよみがえるはずだ」

「だけど、大昔《おおむかし》の封印《ふういん》だぜ？　ときかたを知《し》ってる者《もの》も、もういないんじゃ……」

「ウォッホン！」

みんなの議論《ぎろん》をさえぎるように、大《おお》きなせきばらいが響《ひび》いた。

戦艦《せんかん》ハルバードの戦士《せんし》たちは振《ふ》り返《かえ》った。

ふんぞり返《かえ》って立《た》っているのは、この艦《かん》の責任者《せきにんしゃ》、バル艦長《かんちょう》だった。

ジャベリンナイトが言《い》った。

「なんです？　何《なに》か言《い》いたいことがあるんですか、バル艦長《かんちょう》」

「別《べつ》に……ただ、おまえさんたちがギャラクティックナイトについて、あまりにも無知《むち》なので、あきれてるだけだ」

「どういう意味《いみ》だス？」

「ギャラクティックナイトは、確《たし》かに、大昔《おおむかし》に封印《ふういん》された伝説《でんせつ》の戦士《せんし》。だが、その封印《ふういん》をといたおかたがいるんだ。この世《よ》に、たった一人《ひとり》だけな！」

バル艦長《かんちょう》は、ほこらしげに胸《むね》を張《は》った。

メタナイツたちは顔《かお》を見合《みあ》わせ、いっせいに口《くち》を開《ひら》いた。

「封印《ふういん》をといた!?　ギャラクティックナイトをよみがえらせたのか!?」

「だが、ギャラクティックナイトはあまりに強《つよ》すぎて危険《きけん》なために封印《ふういん》されたんだぞ。その封印《ふういん》をといたりしたら、災《わざわ》いがふりかかるんじゃ……」

「だれだス!?　だれが、ギャラクティックナイトの封印《ふういん》をといたんだス!?」

バル艦長《かんちょう》はもったいぶった笑《え》みを浮《う》かべて、言《い》った。

「おまえさんたち、何《なに》も知《し》らんのだな。おどろくがいい、ギャラクティックナイトの封印《ふういん》をといた、ただ一人《ひとり》のおかたとは……！」

だが、バル艦長《かんちょう》がその名《な》を告《つ》げるのをさえぎる声《こえ》が響《ひび》き渡《わた》った。

「バル艦長《かんちょう》！　緊急通信《きんきゅうつうしん》です！」

みんなの輪《わ》からはずれて、一人《ひとり》まじめに勤務《きんむ》していたアックスナイトだ。アックスナイトは、戦艦《せんかん》ハルバードの通信担当《つうしんたんとう》である。

「小型《こがた》の宇宙船《うちゅうせん》が接近中《せっきんちゅう》。こちらに向《む》けて、メッセージを発信《はっしん》しています！」

「何《なに》？　敵船《てきせん》か？」

「いいえ、そうではないようです。メッセージの内容《ないよう》は……『戦艦《せんかん》ハルバードのみなさん、こんにちは！　ぼく、モーアっていいます。メタナイト様《さま》の大《だい》ファンです。メタナイト様《さま》の部下《ぶか》になりたいです。どうかお願《ねが》いします』……だそうです」

「……なんだって？」

バル艦長《かんちょう》は面食《めんく》らった。戦艦《せんかん》ハルバードには、銀河《ぎんが》の各地《かくち》からさまざまなメッセージが送《おく》られてくるが、こんなのは初《はじ》めてだ。

「部下《ぶか》になりたいなんて、急《きゅう》に言《い》われてもなあ……今《いま》は、部下《ぶか》の募集《ぼしゅう》はしておらんのだ。断《ことわ》ってしまえ」

「艦長《かんちょう》、それはかわいそうですよ」

トライデントナイトが反対《はんたい》した。

「せっかくメタナイト様《さま》にあこがれて来《き》たんだから、面接《めんせつ》ぐらいしてあげては？」

「そうだス。会《あ》ってみて、部下《ぶか》にふさわしくなければ、ことわればいいだス」

「思《おも》い出《だ》すなあ。オレが初《はじ》めて部下《ぶか》になった日《ひ》のことを……」

ジャベリンナイトが、思《おも》い出《で》にふけるようにしみじみと言《い》った。

「メタナイト様《さま》にあこがれて、生《う》まれ故郷《こきょう》を飛《と》び出《だ》してきたんだ。緊張《きんちょう》しすぎて、自分《じぶん》の名前《なまえ》すら忘《わす》れるくらいだったけど、メタナイト様《さま》は『ジャベリン（投《な》げヤリ）の使《つか》い手《て》とは、たのもしい』と言《い》ってくださった！」

「オレも、似《に》たようなもんだ」

「わしもだス！」

メタナイツたちは口々《くちぐち》に言《い》い、それぞれの思《おも》い出《で》をいっせいに話《はな》し出《だ》した。

それを止《と》めたのは、バル艦長《かんちょう》だった。

「ああ、もう、うるさい。思《おも》い出話《でばなし》はあとにしろ。とにかく、その部下志望者《ぶかしぼうしゃ》に会《あ》ってみよう。アックスナイト、返事《へんじ》を送《おく》ってやれ」

「了解《りょうかい》！」

アックスナイトはコンソールパネルに向《む》き直《なお》り、近《ちか》くで待機《たいき》している小型宇宙船《こがたうちゅうせん》にメッセージを送《おく》り返《かえ》した。


戦艦《せんかん》ハルバードに乗《の》りこんできたのは、ひょろっとした身体《からだ》にまんまるい顔《かお》の、くせっ毛《け》の男《おとこ》の子《こ》だった。

「はじめまして、みなさん。ぼく、モーアっていいます！」

モーアは、目《め》をキラキラさせて、ハルバードの乗組員《のりくみいん》たちを見《み》た。

バル艦長《かんちょう》が、艦長《かんちょう》らしい威厳《いげん》をもって、重々《おもおも》しく言《い》った。

「ワシはこのハルバードの責任者《せきにんしゃ》、バル艦長《かんちょう》だ。メタナイト様《さま》の片腕《かたうで》として、銀河《ぎんが》をまたにかけて活躍《かつやく》しておる」

「は、はい。お会《あ》いできて、光栄《こうえい》です！」

モーアは感激《かんげき》したのか、ほおを真《ま》っ赤《か》にそめた。

バル艦長《かんちょう》の背後《はいご》で、メタナイツたちがコソコソとささやき合《あ》った。

（まだ、ほんの子《こ》どもじゃないか）

（メタナイト様《さま》の部下《ぶか》になりたいなんて、百万年早《まんねんはや》いだス）

（もう少《すこ》しおとなになってから出直《でなお》して来《こ》いと、言《い》ってやらなければな）

ブレイドナイトが進《すす》み出《で》た。

「メタナイト様《さま》の部下《ぶか》になりたいということだが――」

「はい！　ずっとずっと、あこがれてきたんです！」

「見《み》てのとおり、戦艦《せんかん》ハルバードの乗組員《のりくみいん》は精鋭《せいえい》ぞろいだ。あこがれだけで、部下《ぶか》になれるものではないぞ」

「わかっています。ぼく、ちゃんと剣《けん》の稽古《けいこ》もしてきたんです」

「……ほう？」

これを聞《き》いて、メタナイツたちは色《いろ》めきたった。

(剣《けん》の稽古《けいこ》だと！　一人前《いちにんまえ》の口《くち》をきくじゃないか)

(ひょっとして、ものすごく強《つよ》かったりして……)

(まさか。こんな小《ちい》さな子《こ》どもなんだぞ)

(わからないだスよ。ひ弱《よわ》そうに見《み》える子《こ》どもが、実《じっ》は剣《けん》の達人《たつじん》っていうマンガを、このあいだ読《よ》んだだス！)

「——よかろう」

バル艦長《かんちょう》が言《い》った。

「では、テストをおこなう。モーア君《くん》の剣《けん》の腕前《うでまえ》を見《み》せてもらおう。だれか、モーア君《くん》の相手《あいて》になるヤツはおらんか？」

メタナイツたちは、とっさに言葉《ことば》が出《で》なかった。万《まん》が一《いち》、こんな子《こ》どもに負《ま》かされたら、大恥《おおはじ》だ。この戦艦《せんかん》ハルバードにいられなくなってしまう。

みんながシーンとする中《なか》、さっそうと進《すす》み出《で》たのは、自信家《じしんか》のソードナイトだった。

「よし、オレが相手《あいて》になってやろう」

「――ソードナイト。相手《あいて》は子《こ》どもだ。あまり本気《ほんき》を出《だ》してはいかんぞ」

「わかっている。だが、モーア君《くん》の力量《りきりょう》を見《み》るためには、手《て》を抜《ぬ》くわけにはいかん。手《て》かげんはしてやるが、甘《あま》くはないぞ」

「よし。では、ソードナイトとモーア君《くん》のテスト試合《じあい》をおこなう。ホンモノではなく、稽《けい》古用《こよう》の剣《けん》を使《つか》うのだぞ」

早速《さっそく》、準備《じゅんび》が整《ととの》えられた。広《ひろ》いロビーの真《ま》ん中《なか》で、ソードナイトとモーアは稽古用《けいこよう》の剣《けん》を手《て》にして向《む》き合《あ》った。

まわりを囲《かこ》んだ面々《めんめん》は、ささやき合《あ》った。

(あの少年《しょうねん》、構《かま》えはなかなかいいじゃないか)

(実《じつ》は、剣術《けんじゅつ》の天才少年《てんさいしょうねん》かもしれないだス！)

(だが、まさかソードナイトが負《ま》けるなんてことはありえないだろう)

一同《いちどう》がかたずを飲《の》んで見守《みまも》る中《なか》――。

ソードナイトが、先《さき》にしかけた。

「たアア――！」

するどい気合《きあ》いとともに、少年《しょうねん》に斬《き》りかかる。

「わあああああ！」

モーアは、剣《けん》を放《ほう》り出《だ》して、その場《ば》にへたりこんでしまった。

顔《かお》をふせて、ガタガタ震《ふる》えている。ソードナイトは、あやうくモーアの脳天《のうてん》に剣《けん》をふり下《お》ろしそうになり、あわてて剣《けん》を引《ひ》いた。

「なんだ、その態度《たいど》は！　試合中《しあいちゅう》だぞ。まじめにやれ！」

「ご、ごめんなさい。あまりの迫力《はくりょく》だったので……」

モーアは恥《は》ずかしそうにもじもじしながら、剣《けん》を取《と》り直《なお》した。

ソードナイトが、ふたたび斬《き》りかかる。さっきよりは、かなり速度《そくど》をゆるめて。

「やあ！」

ゆっくり剣《けん》を振《ふ》りかざすと、モーアはたじたじしながら剣《けん》を構《かま》え、情《なさ》けない声《こえ》を上《あ》げた。

「た、た、たぁ……！」

「行《い》くぞ！　この一撃《いちげき》、受《う》けてみろ！」

ソードナイトは、思《おも》いっきり手《て》かげんをして、そっと撃《う》ちこんだ。

モーアは目《め》をつぶってガタガタ震《ふる》えながら、剣《けん》をかざした。

ソードナイトが撃《う》ちこんだ剣《けん》が当《あ》たり、カチンと軽《かる》い音《おと》がした。

ほんの軽《かる》い一撃《いちげき》だったのに、モーアの手《て》から剣《けん》が落《お》ちてしまった。

「むぅ……勝負《しょうぶ》あった」

バル艦長《かんちょう》が、むずかしい顔《かお》で言《い》った。

「モーア君《くん》。残念《ざんねん》だが、君《きみ》の腕前《うでまえ》では、とてもハルバードの一員《いちいん》にはなれんな」

メタナイツたちも、ちょっとホッとした顔《かお》で言《い》った。

「なんだ、口《くち》ほどにもない。拍子抜《ひょうしぬ》けしたぞ」

「まだまだ、修行《しゅぎょう》が足《た》りないだス」

「きたえ直《なお》して、十年後《ねんご》にまた来《く》るんだな」

モーアはくやしそうに震《ふる》えながら、涙《なみだ》のにじむ目《め》をこすった。

「こ、こんなはずじゃ……家《いえ》で稽古《けいこ》したときは、もっとうまくいったのに……」

「どんな稽古《けいこ》をしてきたのだ？」

「『一週間《しゅうかん》でキミも強《つよ》くなれる剣術指南《けんじゅつしなん》セット』を、パパに買《か》ってもらって……」

これを聞《き》いて、バル艦長《かんちょう》はじめ、精鋭《せいえい》たちは爆笑《ばくしょう》した。

「なんだ、おもちゃじゃないか！」

「おもちゃの剣術《けんじゅつ》セットで、強《つよ》くなれる気《き》でいたのか？　甘《あま》いにもほどがあるぞ」

「ぜんぜん、話《はなし》にならない。さっさと帰《かえ》って、まともな剣術道場《けんじゅつどうじょう》に通《かよ》うがいい」

「いやです、帰《かえ》りたくありません！」

モーアは、大《おお》きな目《め》に涙《なみだ》をいっぱいためて言《い》い張《は》った。

「メタナイト様《さま》にあこがれて、家《いえ》を出《で》てきたんです！　このままじゃ帰《かえ》れません！」

「そうは言《い》っても、わかっただろう。君《きみ》では、メタナイト様《さま》の部下《ぶか》なんてとても……」

「自分《じぶん》のチカラ不足《ぶそく》はわかっています。でも、部下《ぶか》になりたいんです。ぼく、床《ゆか》みがきでも皿洗《さらあら》いでも、なんでもします。どうか、ハルバードに乗《の》せてください！」

モーアは、床《ゆか》にひたいをこすりつけるようにして、頼《たの》みこんだ。

バル艦長《かんちょう》はじめ、一同《いちどう》、困《こま》ってしまった。

「そうは言《い》ってもな……」

「かわいそうだとは思《おも》うが……」

「戦艦《せんかん》ハルバードは、そんなに甘《あま》くないんだ」

そのときだった。ロビーの扉《とびら》が静《しず》かに開《ひら》き、メタナイトがあらわれた。

「あ、メタナイト様《さま》」

一同《いちどう》、姿勢《しせい》を正《ただ》した。モーアもあわてて起《お》き上《あ》がり、みんなにならって敬礼《けいれい》をした。

「どうかしたのか。騒《さわ》がしい」

「はい、実《じつ》は……」

バル艦長《かんちょう》が説明《せつめい》した。その間《あいだ》、モーアは真《ま》っ赤《か》になって、もじもじしていた。

「……というわけで、テストをしてみたのですがな。まったく、使《つか》い物《もの》にならんのです」

「そうか。では、去《さ》るがいい」

メタナイトはそっけなく言《い》って、マントをひるがえし、ふたたび扉《とびら》の向《む》こうへ消《き》えようとした。

モーアは、必死《ひっし》の表情《ひょうじょう》で言《い》った。

「メタナイト様《さま》、お願《ねが》いです。どうか、ぼくを部下《ぶか》の一員《いちいん》に加《くわ》えてください！」

「……」

「チカラ不足《ぶそく》ですが、なんでもします。お掃除《そうじ》でもお洗濯《せんたく》でも、なんでも……」

「人手《ひとで》は足《た》りている。戦力《せんりょく》にならぬ者《もの》を乗《の》せる気《き》はない」

メタナイトは歩《あゆ》み去《さ》ろうとしたが、モーアはますます声《こえ》を張《は》り上《あ》げた。

「どうか、お願《ねが》いします！　ぼく、強《つよ》くなりたいんです！　メタナイト様《さま》のような強《つよ》い剣士《けんし》になりたいんです！」

「しつこいぞ。あきらめろ」

ブレイドナイトが、うんざりしたように言《い》って、モーアのえりくびをつまみ上《あ》げた。

「お願《ねが》いします！　なんでもやります！　お願《ねが》いです、どうか……！」

泣《な》き叫《さけ》ぶモーアを見《み》て、バル艦長《かんちょう》がコホンとせきばらいをした。

「あー……メタナイト様《さま》。この者《もの》、役《やく》には立《た》ちませんが、見習《みなら》いとしてやとってみてはどうでしょうかな」

「……」

「今《いま》のところ人手《ひとで》は足《た》りていますが、だれかがカゼを引《ひ》いたら困《こま》ります。もしものときのために、補欠《ほけつ》は必要《ひつよう》ですぞ」

メタナイトは背《せ》を向《む》けたまま、答《こた》えなかった。

モーアは、ぽろぽろと涙《なみだ》をこぼしている。その顔《かお》に、メタナイツたちは心《こころ》を動《うご》かされた。

「バル艦長《かんちょう》の言《い》うとおりだス。補欠《ほけつ》がいると安心《あんしん》だス！」

「剣術《けんじゅつ》はまだまだですが、教《おし》えてやればモノになるかも……」

「メタナイト様《さま》をしたって、やってきたんです。追《お》い返《かえ》すのはかわいそうです！」

みんな、自分《じぶん》が新人《しんじん》だったころのことを思《おも》い出《だ》して、胸《むね》がいっぱいになっていた。

メタナイトは、そっけなく言《い》った。

「……私《わたし》は知《し》らん。バル艦長《かんちょう》、この者《もの》の扱《あつか》いは君《きみ》にまかせる」

「はっ、かしこまりましたぞ」

メタナイトは去《さ》り、メタナイツたちがモーアを囲《かこ》んだ。

「よかったな。今日《きょう》からおまえは戦艦《せんかん》ハルバードの一員《いちいん》だ」

「だが、まだ見習《みなら》いだからな。気《き》を抜《ぬ》くんじゃないぞ」

「はい！　ありがとうございます！」

「オレたちが、剣《けん》の稽古《けいこ》をつけてやる。きびしい稽古《けいこ》になるが、弱音《よわね》をはくなよ」

「はい！　がんばります！」

モーア少年《しょうねん》は感《かん》きわまったように、深々《ふかぶか》と頭《あたま》を下《さ》げた。

2 海賊《かいぞく》の襲撃《しゅうげき》！

モーアが戦艦《せんかん》ハルバードの見習《みなら》い乗組員《のりくみいん》になってから、十日《とおか》ほどが過《す》ぎた。

モーアは毎日《まいにち》、ロビーや通路《つうろ》の掃除《そうじ》を欠《か》かさない。コンソールパネルやスクリーンも、ピカピカにみがき上《あ》げる。いつも元気《げんき》に走《はし》り回《まわ》って、こまごました用事《ようじ》もすぐに片付《かたづ》ける。

ある午後《ごご》、メタナイトはロビーのイスに座《すわ》ってお茶《ちゃ》を飲《の》みながら、かたわらのバル艦長《かんちょう》に話《はな》しかけた。

「あの見習《みなら》い少年《しょうねん》はどんな様子《ようす》だ？」

モーアは艦内《かんない》の掃除中《そうじちゅう》らしく、ロビーには姿《すがた》が見《み》えない。

バル艦長《かんちょう》はため息《いき》まじりに言《い》った。

「……態度《たいど》は、まじめなのですがなあ……」

「どうかしたのか」

「とにかく、戦士《せんし》としての才能《さいのう》がまったくないんです。毎日《まいにち》、メタナイツたちがかわるがわる稽古《けいこ》をつけてやってるのですが、さっぱり上達《じょうたつ》せんのですわ」

ロビーの大《おお》きなテーブルを囲《かこ》んでいたメタナイツたちも、口々《くちぐち》に証言《しょうげん》した。

「モーアは気《き》が弱《よわ》すぎるんです。ちょっとでも攻撃《こうげき》されると、頭《あたま》をかかえてガタガタ震《ふる》える始末《しまつ》で」

「やる気《き》だけはあるんですが、おくびょうすぎて……」

「——そうか」

「このままでは、本人《ほんにん》のためになりません。かわいそうですが、やはり、退艦《たいかん》を命《めい》じるべきかと」

「そうしよう」

メタナイトはうなずいた。

と。そのとき。

緊急通信《きんきゅうつうしん》を告《つ》げるブザーが鳴《な》り響《ひび》いた。オペレーターのアックスナイトが、あわてて通《つう》信装置《しんそうち》に飛《と》びついた。

ロビーの大《だい》スクリーンに、見慣《みな》れない顔《かお》が映《うつ》し出《だ》された。はでな海賊帽《かいぞくぼう》をかぶった、凶《きょう》悪《あく》な面構《つらがま》えの男《おとこ》だ。

男《おとこ》は、ガラガラ声《ごえ》で言《い》った。

「よう、メタナイトとやら。おめェに話《はなし》がある。ちょいと、耳《みみ》を貸《か》してもらおうじゃねえか」

「なんだって？　あいさつもなしに、無礼《ぶれい》なヤツだ。まずは、名前《なまえ》を名乗《なの》れ！」

アックスナイトがどなると、海賊帽《かいぞくぼう》の男《おとこ》はニヤリと笑《わら》って言《い》った。

「オレは大海賊《だいかいぞく》グレイだ。銀河《ぎんが》じゅうを暴《あば》れまわる、荒《あら》くれ者《もの》よ」

「海賊《かいぞく》ふぜいが、ハルバードに何《なん》の用《よう》だ」

「おめェらの偉《えら》そうな態度《たいど》が気《き》に入《い》らねえのさ。このグレイ様《さま》を差《さ》し置《お》いて、あっちでもこっちでも目立《めだ》ちやがって。早《はや》い話《はなし》が……」

海賊《かいぞく》グレイはあごを引《ひ》き、目《め》をカッと光《ひか》らせた。

「このグレイ様《さま》ひきいる海賊団《かいぞくだん》が、おめェらをぶっつぶしてやるってえことよ。メタナイト一味《いちみ》を打ち負《ま》かし、戦艦《せんかん》ハルバードを乗《の》っ取《と》ったとなれば、オレの名《な》は全銀河《ぜんぎんが》にとどろきわたる！　それが狙《ねら》いよ！」

この手《て》の襲撃《しゅうげき》は、戦艦《せんかん》ハルバードにはよくあることだ。名高《なだか》いメタナイトに勝《か》って有名《ゆうめい》になりたいという野心家《やしんか》が、しょっちゅう戦《たたか》いをしかけてくる。もちろん、野望《やぼう》をかなえた者《もの》は一人《ひとり》もいない。

アックスナイトは、余裕《よゆう》をもって言《い》い返《かえ》した。

「はっ、ばかなヤツだ。海賊《かいぞく》ふぜいが、メタナイト様《さま》にかなうわけがないだろ。メタナイト様《さま》どころか、部下《ぶか》のオレたちで十分《じゅうぶん》だ」

「くくっ。その言葉《ことば》、後悔《こうかい》させてやるぜ！」

グレイが笑《わら》うと同時《どうじ》に、轟音《ごうおん》が響《ひび》き、ハルバードが大《おお》きく揺《ゆ》らいだ。

バル艦長《かんちょう》が、ティーカップを置《お》いて立《た》ち上《あ》がった。

「いきなり攻撃《こうげき》を仕掛《しか》けてくるとは、礼儀知《れいぎし》らずな連中《れんちゅう》ですなあ。こんな雑魚《ざこ》どもなんて相手《あいて》にしたくないが、降《ふ》りかかった火《ひ》の粉《こ》は払《はら》わねば」

バル艦長《かんちょう》はキリッとして叫《さけ》んだ。

「ただちに迎撃《げいげき》する。総員《そういん》、位置《いち》につけ！」

「はい！」

「メタナイト様《さま》は、お茶《ちゃ》を飲《の》んでいてかまいませんぞ。こんな連中《れんちゅう》、ワシらだけで片付《かたづ》けますから……おおっとぉわぁぁ！」

ふたたび艦体《かんたい》が揺《ゆ》れ、バル艦長《かんちょう》は転《ころ》んでしまった。敵《てき》の砲撃《ほうげき》は、なかなかの威力《いりょく》だ。

「やれやれ、そういうわけにもいくまい。私《わたし》も参戦《さんせん》するとしよう」

メタナイトは迷惑《めいわく》そうに言《い》って、席《せき》を立《た》った。

モニターをチェックしていたアックスナイトが叫《さけ》んだ。

「敵艦《てきかん》、急接近《きゅうせっきん》。甲板《かんぱん》に敵兵《てきへい》が乗《の》りこんできます！」

「かまわん。一斉掃射《いっせいそうしゃ》で片付《かたづ》けろ」

「お待《ま》ちください、メタナイト様《さま》」

立《た》ち上《あ》がったバル艦長《かんちょう》が、急《きゅう》に顔色《かおいろ》を変《か》えた。

「甲板《かんぱん》には、モーアがいるはずですぞ！」

「なんだと？」

「あの子《こ》は、この時間《じかん》はいつも甲板掃除《かんぱんそうじ》をしておるのです。たいへんだ……！」

それを聞《き》いて、アックスナイトが艦内《かんない》カメラを切《き》り替《か》えた。

「いました、モーアです！　モーアが甲板《かんぱん》に！」

スクリーンに映《うつ》し出《だ》されたのは、甲板《かんぱん》の映像《えいぞう》だ。薄汚《うすよご》れた服《ふく》をまとった海賊《かいぞく》たちが、剣《けん》や斧《おの》を手《て》にして次々《つぎつぎ》に乗《の》りこんでくる。

海賊《かいぞく》たちの前《まえ》で立《た》ちすくんでいるのは、掃除用《そうじよう》のモップを手《て》にしたモーアだった。

「モーア！」

バル艦長《かんちょう》やメタナイツたちが、いっせいに叫《さけ》んだ。

「モーア、逃《に》げろ！」

「海賊《かいぞく》たち、聞《き》こえるか。その子《こ》はただの掃除係《そうじがかり》だ。手《て》を出《だ》すんじゃないぞ！」

甲板《かんぱん》のスピーカーを通《とお》して、声《こえ》が届《とど》いたはずだが――。

モーアは逃《に》げるどころか、キッと表情《ひょうじょう》を引《ひ》きしめて、モップを剣《けん》のように構《かま》えた。海賊《かいぞく》たちに立《た》ち向《む》かう気《き》らしい。

バル艦長《かんちょう》が、足《あし》を踏《ふ》み鳴《な》らしてわめいた。

「モーア、バカな真似《まね》はやめるんだ！　艦長《かんちょう》の命令《めいれい》だ！　両手《りょうて》を上《あ》げて降伏《こうふく》しろ！」

そのとき、すばやく飛《と》び出《だ》してきた影《かげ》がスクリーンに映《うつ》った。

メタナイトだ。彼《かれ》は、部下《ぶか》たちがスクリーンに釘付《くぎづ》けになっている間《あいだ》にロビーを飛《と》び出《だ》し、いち早《はや》く甲板《かんぱん》に駆《か》けつけていたのだ。

メタナイトは宝剣《ほうけん》ギャラクシアを振《ふ》りかざし、海賊《かいぞく》たちの群《む》れに斬《き》りかかった。

その前《まえ》に立《た》ちふさがったのは、海賊《かいぞく》のかしら、グレイだった。

「ワシらも甲板《かんぱん》に向《む》かうぞ！」

バル艦長《かんちょう》とともに、乗組員《のりくみいん》たちは全速力《ぜんそくりょく》で甲板《かんぱん》に駆《か》けつけた。

戦闘《せんとう》は、あっというまに終《お》わった。

海賊団《かいぞくだん》は、最初《さいしょ》の攻撃《こうげき》こそ威勢《いせい》が良《よ》かったが、あとが続《つづ》かなかった。メタナイツたちが甲板《かんぱん》に飛《と》び出《だ》してくると、たちまち敵《てき》は総崩《そうくず》れ。かしらのグレイが、まっさきに「お、覚《おぼ》えてやがれ～」と捨《す》てゼリフを残《のこ》して逃《に》げ出《だ》し、部下《ぶか》たちもてんでバラバラに退却《たいきゃく》するというありさまだった。

あっさりと敵《てき》を撃退《げきたい》することはできたが――。


「モーア！　モーア！　どこにいるんだ！」

「聞《き》こえたら返事《へんじ》をしろ！　モーア！」

メタナイツたちは甲板《かんぱん》のすみずみまで駆《か》け回《まわ》り、モーアをさがした。

モーアは、戦闘《せんとう》の混乱《こんらん》の中《なか》で、行方《ゆくえ》がわからなくなってしまったのだ。

ジャベリンナイトが、バル艦長《かんちょう》のもとへ駆《か》けつけて報告《ほうこく》した。

「ダメです。どこにも見当《みあ》たりません！」

バル艦長《かんちょう》は、苦《くる》しみに満《み》ちた表情《ひょうじょう》で命《めい》じた。

「宇宙空間《うちゅうくうかん》に放《ほう》り出《だ》されたのかもしれん。小型艇《こがたてい》を出《だ》して、あたりをくまなくさがすのだ。急《いそ》げ！」

「はっ」

捜索《そうさく》のための小型艇《こがたてい》が、ハルバードの格納庫《かくのうこ》から飛《と》びたっていく。

それを見届《みとど》けて、バル艦長《かんちょう》らは甲板《かんぱん》を離《はな》れ、ロビーに引《ひ》き返《かえ》した。

ロビーは、重苦《おもくる》しいふんいきにつつまれた。

ソードナイトが、彼《かれ》らしくもなく、弱々《よわよわ》しい声《こえ》でつぶやいた。

「まさか、海賊《かいぞく》にさらわれてしまったんだろうか。あんな乱暴《らんぼう》な連中《れんちゅう》に……」

「……ワシのせいだ」

バル艦長《かんちょう》は、肩《かた》を落《お》としてうめいた。

「ワシが、モーアをハルバードに乗《の》せると決《き》めたばかりに……！」

メタナイツたちが、口々《くちぐち》に言《い》った。

「艦長《かんちょう》、それは……」

「オレたちも同《おな》じです。つい、モーアの熱心《ねっしん》さに負《ま》けて」

「見習《みなら》いとして、みとめてしまっただス。あのとき、きっぱり断《ことわ》ればよかっただス」

「オレは、モーアに向《む》かって『勇気《ゆうき》をもて』とか『敵《てき》から逃《に》げるな』とか、さんざん言《い》ってしまった。あの子《こ》が海賊《かいぞく》に立《た》ち向《む》かって行《い》ったのは、あの言葉《ことば》のせいだ……」

メタナイツたちは、涙《なみだ》を浮《う》かべた。

ブレイドナイトが、きびしい口調《くちょう》で言《い》った。

「みんな、やめろ。すぎたことを悔《く》やんでも、仕方《しかた》ない」

「だが……」

ブレイドナイトは声《こえ》を落《お》として続《つづ》けた。

「いちばんつらいのは、メタナイト様《さま》なんだ」

みんな、ハッとした。

ロビーには、メタナイトの姿《すがた》はなかった。

「メタナイト様《さま》には、かかわりのないことだ。新人《しんじん》の採用《さいよう》をまかされていたのは、ワシなのだからな」

バル艦長《かんちょう》は強《つよ》い口調《くちょう》で言《い》ったが、ブレイドナイトは首《くび》を振《ふ》った。

「メタナイト様《さま》のご気性《きしょう》を考《かんが》えてみろ。あれほど、部下思《ぶかおも》いのかたはいないぞ」

「……うむ……」

「見習《みなら》いとはいえ、部下《ぶか》を行方不明《ゆくえふめい》にしてしまったんだ。しかも、まだ剣《けん》の腕《うで》もおぼつかない子《こ》どもだった」

「……う……うう……」

ロビーに集《あつ》まった面々《めんめん》は、みんな顔《かお》をふせた。


メタナイトは、ひとり甲板《かんぱん》に残《のこ》り、たたずんでいた。

戦闘《せんとう》のきずあとが、なまなましく残《のこ》っている。床《ゆか》にはところどころ穴《あな》があいているし、きれいに積《つ》み上《あ》げられていた樽《たる》はすべて吹《ふ》き飛《と》ばされている。

雑然《ざつぜん》とした甲板《かんぱん》に、メタナイトは彫像《ちょうぞう》のように立《た》ちつくしていた。

虚無《きょむ》の大宇宙《だいうちゅう》を見《み》つめながら、ただ無言《むごん》で。

「え？　今《いま》、なんて言《い》ったの？」

カービィは目《め》を丸《まる》くした。

ある朝《あさ》、カービィの家《いえ》におしかけて来《き》たのは、メタナイトの部下《ぶか》たちだった。バル艦長《かんちょう》にソードナイト、ブレイドナイト、そしてメタナイツたち……。

バル艦長《かんちょう》が、顔《かお》をひきつらせて叫《さけ》んだ。

「メタナイト様《さま》が行方不明《ゆくえふめい》なのだー！　だれにも行《い》く先《さき》を告《つ》げずに、いなくなってしまったのだー！」

「ふうん……」

せっぱつまったバル艦長《かんちょう》に比《くら》べて、カービィはのんきだ。

「きっと、おやつを食《た》べに行《い》ったんだよ。おなかがいっぱいになったら、戻《もど》ってくるよ」

「かーっ！　アンタとはちがうんだ！　メタナイト様《さま》がおやつなど食《た》べるものか！」

「え!?　メタナイトはおやつを食《た》べないの!?」

カービィは衝撃《しょうげき》のあまり、よろめいた。

「どうして!?　ダイエットをしているの!?」

「メタナイト様《さま》がダイエットなどするものか！　だいたい、おやつ抜《ぬ》きダイエットなんて、長続《ながつづ》きせんわい。ワシも試《ため》したことがあるが、二日《ふつか》ともたずに……」

「艦長《かんちょう》。話《はなし》がそれています」

アックスナイトが小声《こごえ》で注意《ちゅうい》し、バル艦長《かんちょう》はハッとした。

「とにかく、メタナイト様《さま》が行方不明《ゆくえふめい》になってしまったのだ。ついては、カービィ……いや、カービィ君《くん》。カービィさん。カービィ殿《どの》。カービィ大先生《だいせんせい》……」

「呼《よ》び方《かた》なんてどうでもいいだス！」

「アンタのチカラを貸《か》してはもらえんだろうか！」

「いいよ！」

カービィはあっさり答《こた》えて、くるんと宙返《ちゅうがえ》りをした。

「メタナイトがいないと、つまんないもんね。いっしょにさがしに行《い》こう！」

言《い》うやいなや、カービィは家《いえ》を飛《と》び出《だ》そうとした。バル艦長《かんちょう》があわててつかまえた。

「待《ま》ちなさい。まだ何《なん》の説明《せつめい》もしとらんのに、どこへ行《い》こうというのだ」

「え？　ケーキ屋《や》さんでしょ、もちろん」

「かーっ！　メタナイト様《さま》はおやつを食《た》べに行《い》ったんじゃないわ――！」

「え？　ちがうの？」

「ひとの話《はなし》を聞《き》けェエ！」

バル艦長《かんちょう》は、カミナリのような声《こえ》をひびかせた。

ソードナイトが、あきれた様子《ようす》で言《い》った。

「手《て》がかりもないのに、やみくもに走《はし》り回《まわ》っても仕方《しかた》がない。ここは一つ、デデデ大王《だいおう》に相談《そうだん》してみてはどうだろう」

「デデデ大王《だいおう》？　たよりにならないよ」

カービィが不服《ふふく》そうに言《い》ったが、ソードナイトは首《くび》を振《ふ》った。

「ああ見《み》えても、いちおうプププランドの支配者《しはいしゃ》だ」

「自称《じしょう》してるだけだスよ」

「……まあ、それはそうだが、デデデ城《じょう》には住民《じゅうみん》たちの出入《でい》りも多《おお》いし、情報《じょうほう》が集《あつ》まりやすいはずだ。何《なに》か手《て》がかりが得《え》られるかもしれん」

「そうだな。カービィとデデデ大王《だいおう》、二人《ふたり》がチカラを貸《か》してくれれば、心強《こころづよ》い」

部下《ぶか》たち一行《いっこう》は、同時《どうじ》にうなずいた。

「そうと決《き》まれば、行《い》くぞ、デデデ城《じょう》へ！」

「うーん。ぼくは、デデデ城《じょう》よりケーキ屋《や》さんのほうがいいと思《おも》う……」

「つべこべ言《い》わずに来《こ》い、カービィ！」

ソードナイトとブレイドナイトに両手《りょうて》をつかまれて、カービィは強引《ごういん》に連《つ》れ去《さ》られた。

「……何《なに》？　メタナイトが行方不明《ゆくえふめい》？」

朝早《あさはや》くから起《お》こされて、デデデ大王《だいおう》はふきげんだった。

「ほっとけ、そんなもの。オレ様《さま》は寝直《ねなお》すぞ。ワドルディ、そいつらをたたき出《だ》せ」

「でも、大王様《だいおうさま》……」

ワドルディは、心配《しんぱい》そうにデデデ大王《だいおう》を見上《みあ》げた。

「お話《はなし》を、ちゃんと聞《き》いてあげたほうがいいと思《おも》います。メタナイト様《さま》が急《きゅう》に行方不明《ゆくえふめい》になるなんて、心配《しんぱい》です」

「何《なに》が心配《しんぱい》なんだ。メタナイトみたいに自分勝手《じぶんかって》なヤツは、フラッといなくなることがよくあるんだ。いちいち気《き》にしていたら、きりがないわい」

「何《なに》を！　メタナイト様《さま》は、自分勝手《じぶんかって》なんかじゃない！」

バル艦長《かんちょう》が、息巻《いきま》いた。

「ワシはメタナイト様《さま》とは長《なが》い長《なが》い付《つ》き合《あ》いだが、行《い》く先《さき》も告《つ》げずにいなくなったことなんて、二、三回《かい》しか……いや五、六回《かい》……あ、あれ？　もっとかな？　十回《かい》か……二十回《かい》ぐらいしかないわい！」

「……よくあるんですね」

ワドルディは、心配《しんぱい》をして損《そん》したとばかりに言《い》った。

「ちがうんじゃー！　今回《こんかい》は、深刻《しんこく》なんじゃー！」

興奮《こうふん》してジタバタしているバル艦長《かんちょう》を押《お》しのけて、ソードナイトが説明《せつめい》した。

「話《はな》を聞《き》いてくれ。確《たし》かに、メタナイト様《さま》は自由《じゆう》な方《かた》だから、オレたちに行《い》く先《さき》を告《つ》げずにふっといなくなることは、これまでにもあった。だが、今回《こんかい》は事情《じじょう》がちがうんだ。メタナイト様《さま》が、思《おも》いつめておられるのではないかと心配《しんぱい》なのだ」

「思《おも》いつめて……？」

「ああ。実《じつ》は、戦艦《せんかん》ハルバードを襲《おそ》った大事件《だいじけん》があってな……」

ソードナイトは、見習《みなら》い少年《しょうねん》モーアのことを話《はな》した。ブレイドナイトやメタナイツたちも口《くち》をはさんで、こまかい事情《じじょう》を説明《せつめい》した。

話《はなし》を聞《き》く間《あいだ》も、デデデ大王《だいおう》は眠《ねむ》そうだったが、カービィとワドルディは真剣《しんけん》に聞《き》き入《い》っていた。

「見習《みなら》いさんが行方不明《ゆくえふめい》に……。では、メタナイト様《さま》は……」

「ああ。モーアをさがしに行《い》かれたのだろう。メタナイト様《さま》にだけ、そんな苦労《くろう》をおかけするわけにはいかんのだ。われわれも、メタナイト様《さま》とともに……」

「フフファ！」

あくびとも、せせら笑《わら》いともつかない声《こえ》を上《あ》げたのは、デデデ大王《だいおう》である。

ムッとするバル艦長《かんちょう》たちに背《せ》を向《む》けて、デデデ大王《だいおう》は大《おお》きく手《て》をのばした。

「バカか、おまえたち。メタナイトが、いなくなった部下《ぶか》をさがしたりするものか」

「なんだと!?」

無礼《ぶれい》な態度《たいど》に、一行《いっこう》は気色《けしき》ばんだ。

「メタナイト様《さま》は、だれよりも部下思《ぶかおも》いのかたなんだ！」

「見習《みなら》いとはいえ、メタナイト様《さま》にとっては、たいせつな部下《ぶか》！」

「行方《ゆくえ》がわからなくなったら、心配《しんぱい》なさるに決《き》まっている！」

「だが、おまえたちがさんざんさがし回《まわ》っても、手《て》がかりを得《え》られなかったんだろう」

デデデ大王《だいおう》は、腰《こし》に手《て》を当《あ》てて振《ふ》り返《かえ》った。

「メタナイト一人《ひとり》でさがしても、成果《せいか》なんぞ上《あ》がらん。そんなこと、わかりきっている」

「だ……だが……！」

「メタナイトなら、そんなムダなことはせんわい。ヤツが考《かんが》えそうなことと言《い》えば、ただ一つ」

「……なんだ？」

「くよくよしないで、おやつを食《た》べる！」

「黙《だま》っておれ、カービィ。メタナイト様《さま》なら、何《なに》を考《かんが》えるというのだ」

「同《おな》じ失敗《しっぱい》を繰《く》り返《かえ》さないよう、自分《じぶん》をきたえ直《なお》すに決《き》まってる」

思《おも》いもかけない言葉《ことば》に、メタナイトの部下《ぶか》たちは呆然《ぼうぜん》とした。

デデデ大王《だいおう》は、あくびをかみ殺《ころ》しながら続《つづ》けた。

「たいせつな部下《ぶか》を失《うしな》ってしまったのは、ヤツのチカラが足《た》りなかったからだ」

「ちがう！　メタナイト様《さま》には、なんの落《お》ち度《ど》もない！」

「たとえ事実《じじつ》がどうであっても、メタナイトならそう考《かんが》えるだろう」

「――なるほど」

バル艦長《かんちょう》は、ちょっとくやしそうな表情《ひょうじょう》でうなずいた。

「ワシとしたことが、そこに気《き》づかなかったとは。言《い》われてみれば、そのとおりだ。メタナイト様《さま》は、ご自分《じぶん》にきびしいおかた……」

「ぼくにもきびしいよ！」

「黙《だま》っておれ、カービィ。ということは、今《いま》ごろどこかで修行中《しゅぎょうちゅう》か。ジャマをせんほうがいいのだろうか……」

「いや、オレはやはり、さがしに行《い》ったほうがいいと思《おも》う」

ブレイドナイトが言《い》った。

「メタナイト様《さま》のことだから、修行《しゅぎょう》に熱中《ねっちゅう》しすぎて、倒《たお》れてしまうかもしれない」

「そうだ。それに、メタナイト様《さま》にだけ修行《しゅぎょう》をさせるなんて、こころが痛《いた》む。チカラが足《た》りないのは、オレたちのほうだ。みんなで修行《しゅぎょう》をするべきだ」

「うん、しようしよう！　ワドルディ、修行《しゅぎょう》に行《い》くから、お弁当《べんとう》を作《つく》って！」

はしゃぐカービィに、トライデントナイトが言《い》った。

「ピクニックじゃないんだぞ。メタナイト様《さま》は、どこで修行《しゅぎょう》をしてるんだろうな？」

「そりゃ、剣術道場《けんじゅつどうじょう》とか格闘場《かくとうじょう》とか、そういう場所《ばしょ》じゃないか？」

「いや、メタナイト様《さま》ほどのかたが、ありきたりの格闘場《かくとうじょう》なんかで腕《うで》をみがけるものか。どんな戦士《せんし》だって、メタナイト様《さま》の相手《あいて》には不足《ふそく》だ」

メタナイツたちは顔《かお》をよせ合《あ》った。

そのとき、バル艦長《かんちょう》が何《なに》かひらめいたように「あっ」と声《こえ》を上《あ》げた。

「そうか……ワシとしたことが！　うっかりしておった！」

「どうしたの、バル艦長《かんちょう》？」

「メタナイト様《さま》の修行相手《しゅぎょうあいて》にふさわしい戦士《せんし》といえば、ただ一人《ひとり》しかおらん！」

「だれだス？　メタナイト様《さま》につり合《あ》うくらいの戦士《せんし》なんて、いるだスか？」

「いるのだ。たった一人《ひとり》だけな」

「それは……？」

「銀河最強《ぎんがさいきょう》と恐《おそ》れられ、封印《ふういん》された古《いにしえ》の戦士《せんし》。ギャラクティックナイトだ！」

メタナイツたちも、ソードナイトとブレイドナイトも、きょとんとした。

メイスナイトが笑《わら》いだした。

「冗談言《じょうだんい》ってる場合《ばあい》じゃないだスよ。ギャラクティックナイトは大昔《おおむかし》のひとだス！」

「ああ。ギャラクティックナイトの封印《ふういん》がとけるのは、映画《えいが》の中《なか》だけの話《はなし》で……」

「フハハ。おまえたちは、知《し》らんのだったな」

バル艦長《かんちょう》は後《うし》ろで手《て》を組《く》み、胸《むね》を張《は》った。

「以前《いぜん》、話《はな》したことがあっただろう――かつて、ギャラクティックナイトの封印《ふういん》をといたかたが、たった一人《ひとり》だけいると！　そのおかたこそ、何《なに》をかくそう……」

「メタナイトか」

バル艦長《かんちょう》が、もったいをつけて間《ま》をおいたすきに、デデデ大王《だいおう》が言《い》った。

バル艦長《かんちょう》は無念《むねん》そうな顔《かお》で、デデデ大王《だいおう》をどなりつけた。

「かーっ！　いちばんいいところを横取《よこど》りするな！　そこは、ワシが言《い》いたかったんじゃ！」

「本当《ほんとう》なのか？　メタナイト様《さま》は、ギャラクティックナイトの封印《ふういん》をといたことがあるのか？」

ジャベリンナイトが問《と》いかけ、部下《ぶか》たち一同《いちどう》は騒然《そうぜん》となった。

「知《し》らなかった……さすがはメタナイト様《さま》だ！」

「くわしく話《はな》してください、艦長《かんちょう》！」

部下《ぶか》たちに頼《たの》みこまれて、バル艦長《かんちょう》はきげんを直《なお》した。

「あれは、いつごろのことだったか。メタナイト様《さま》は、とある冒険《ぼうけん》のはてに、一つだけ願《ねが》いをかなえる機会《きかい》に恵《めぐ》まれたことがあるのだ。そのとき、メタナイト様《さま》が願《ねが》ったのは、もっと強《つよ》くなりたいということだった」

「えー、つまんないの。もっと楽《たの》しいことを願《ねが》えばいいのにね」

カービィが言《い》ったが、バル艦長《かんちょう》は首《くび》を振《ふ》った。

「そこが、メタナイト様《さま》のごりっぱなところ。メタナイト様《さま》は、強《つよ》くなるために、銀河最《ぎんがさい》強《きょう》の戦士《せんし》と戦《たたか》いたいと願《ねが》った。願《ねが》いはかなえられ、封印《ふういん》をとかれたギャラクティックナイトが、時《とき》をこえて呼《よ》び出《だ》されたというわけなのだ」

「なるほど……メタナイトがギャラクティックナイトの封印《ふういん》をといたのは、やはり修行《しゅぎょう》のためだったのか。オレ様《さま》が思《おも》ったとおりだわい」

デデデ大王《だいおう》は、みんなに聞《き》こえるようにひとりごとを言《い》った。

さっそく、カービィがつっこんだ。

「サインをもらうためだって言《い》ってたくせにー」

「知《し》らんわい。で、その戦《たたか》いは、どっちが勝《か》ったんだ？」

バル艦長《かんちょう》は、ゆっくり首《くび》を振《ふ》った。

「勝負《しょうぶ》はつかなかったのだ。ほとんど相打《あいう》ち——と言《い》ってよかろう。メタナイト様《さま》はギャラクティックナイトをふたたび封印《ふういん》することに成功《せいこう》したが、ご自分《じぶん》も大《おお》けがを負《お》ってしまった。銀河《ぎんが》の二大英雄《にだいえいゆう》にふさわしい、ソーゼツな戦《たたか》いであった……」

「すごい……想像《そうぞう》しただけで、こころがざわめくぞ！」

「映画化《えいがか》するべきだス！　全銀河《ぜんぎんが》が号泣《ごうきゅう》するだス！」

部下《ぶか》たちは、感動《かんどう》に打《う》ち震《ふる》えた。

ワドルディが、心配《しんぱい》そうに言《い》った。

「メタナイト様《さま》は、もう一度《いちど》、ギャラクティックナイトと戦《たたか》うつもりなんでしょうか。また、大《おお》けがをしてしまうんじゃ……」

「うむ。ギャラクティックナイトが相手《あいて》となれば、もはや修行《しゅぎょう》とは呼《よ》べん。危険《きけん》きわまりない戦《たたか》いだ！　こうしてはいられん。行《い》くぞ！」

バル艦長《かんちょう》は、大《おお》またで歩《ある》き出《だ》した。

デデデ大王《だいおう》が問《と》いかけた。

「どこへ行《い》こうというんだ。メタナイトがどこにいるか、心当《こころあ》たりがあるのか？」

「ある。くわしい説明《せつめい》は、ハルバードの中《なか》でする。みな、急《いそ》げ！」

バル艦長《かんちょう》はさっそうと部屋《へや》を飛《と》び出《だ》していった。

戦艦《せんかん》ハルバードは、漆黒《しっこく》の宇宙《うちゅう》を突《つ》き進《すす》んでゆく。

その艦内《かんない》のロビーに、全員《ぜんいん》が顔《かお》をそろえていた。

「いったい、この船《ふね》はどこに向《む》かってるんだ？」

デデデ大王《だいおう》が、特大《とくだい》ティーカップでお茶《ちゃ》をがぶがぶ飲《の》みながら、言《い》った。

イスにふんぞり返《かえ》ったバル艦長《かんちょう》が答《こた》えた。

「闇市《やみいち》だ」

「やみーち？　なんだ、それは」

「追《お》って説明《せつめい》する。その前《まえ》に、ギャラクティックナイトの封印《ふういん》をとく方法《ほうほう》について話《はな》しておこう」

「ああ、それが気《き》になっていた」

と、ソードナイト。

「願《ねが》いをかなえる機会《きかい》っていうのは、たった一度《いちど》きりだったんだろう？　ならば、もう一《いち》度《ど》ギャラクティックナイトを呼《よ》び出《だ》すことは不可能《ふかのう》なんじゃないか？」

「いや、そうではないのだ。前回《ぜんかい》の戦《たたか》いのとき、明《あき》らかになった事実《じじつ》がある」

バル艦長《かんちょう》は、艦長帽《かんちょうぼう》のひさしをクッと持《も》ち上《あ》げた。

「これから話《はな》すことは、けっして口外《こうがい》してはならん。悪用《あくよう》されれば、全宇宙《ぜんうちゅう》の秩序《ちつじょ》を乱《みだ》してしまうほどの大《だい》ヒミツだからな」

いつになくまじめな表情《ひょうじょう》のバル艦長《かんちょう》を見《み》て、全員《ぜんいん》うなずいた。

「実《じつ》はな――ギャラクティックナイトを封印《ふういん》よりとき放《はな》ち、この世界《せかい》に呼《よ》び出《だ》すためには、異空間《いくうかん》ロードを経由《けいゆ》する必要《ひつよう》があることがわかったのだ」

「いくうかん……ロード……？　なんだ、それは」

「異空間《いくうかん》ロードとは、われわれの住《す》むこの世界《せかい》とは別《べつ》の世界《せかい》へと通《つう》じている、いわば通路《つうろ》のようなものでな。ギャラクティックナイトは、この異空間《いくうかん》ロードを通《とお》れば、封印《ふういん》をといてこの世界《せかい》にやってくることができるらしいのだ」

みんな、艦長《かんちょう》の言葉《ことば》がよく理解《りかい》できず、黙《だま》りこんでいる。

まっさきに反応《はんのう》したのは、ソードナイトとブレイドナイトだった。二人《ふたり》は顔《かお》を見合《みあ》わせ、同時《どうじ》に「よし！」と叫《さけ》んだ。

「では、メタナイト様《さま》はその異空間《いくうかん》ロードを利用《りよう》するおつもりなんだな。われわれも、そこをめざそう！」

「そうカンタンな話《はなし》ではない。異空間《いくうかん》ロードは、われわれの世界《せかい》とは別次元《べつじげん》にあり、ふつうの方法《ほうほう》では、見《み》つけることすらできん」

「なんだと？　では、どのようにすれば……？」

「本題《ほんだい》は、ここからだ」

バル艦長《かんちょう》は、ひときわ強《つよ》い口調《くちょう》で続《つづ》けた。

「みんな、スフィアローパーという名《な》を聞《き》いたことはあるか？」

「うん、知《し》ってるよ！」

カービィが答《こた》えた。

「前《まえ》に、会《あ》ったことがある。ぜんぜんひとの話《はなし》をきかない、わからずやだったよ！」

「……アンタにだけは言《い》われたくないと思《おも》うぞ」

バル艦長《かんちょう》はツッコミを入《い》れておいて、せきばらいをした。

「知《し》らん者《もの》のために説明《せつめい》しておこう。スフィアローパーは異空間《いくうかん》に住《す》む、なぞのいきものだ。その生態《せいたい》はまったくといっていいほど知《し》られていない。彼《かれ》らについてわかっていることは、二つだけ」

バル艦長《かんちょう》は、指《ゆび》を一本立《ぽんた》てた。

「一つ。異空間《いくうかん》ロードとこの世界《せかい》をつなぐチカラを持《も》っているということ」

二本《ほん》めの指《ゆび》を立《た》てて、続《つづ》ける。

「そしてもう一つ。エナジースフィアという物質《ぶっしつ》が大好物《だいこうぶつ》だということだ」

「エナジースフィア……？」

「ぼく、知《し》ってる！」

カービィは、テーブルの上《うえ》に身《み》を乗《の》り出《だ》した。

「前《まえ》に、マホロアの船《ふね》ローアを修理《しゅうり》したときに、たくさん集《あつ》めたよ。天《あま》かける船《ふね》ローアは、

エナジースフィアがなくちゃ動《うご》かないんだ」

「うむ、そのとおり。エナジースフィアとは、すばらしい力《ちから》を秘《ひ》めた物質《ぶっしつ》――究極《きゅうきょく》のエネルギーのもとなのだ。ただし、その存在《そんざい》はきわめてめずらしく、めったなことでは手《て》に入《はい》らない。スフィアローパーたちは、このエナジースフィアが大好物《だいこうぶつ》でな。貴重《きちょう》なエナジースフィアのある場所《ばしょ》をかぎつけると、異空間《いくうかん》ロードからこちらの世界《せかい》へやって来《く》るのだ」

「つまり――」

察《さっ》しのいいソードナイトが言《い》った。

「そのエナジースフィアとやらをエサにおびきよせれば、スフィアローパーをつかまえられる。そのチカラを借《か》りれば、異空間《いくうかん》ロードを開《ひら》くことができる……ということか」

「うむ、まさしく。ワシが考《かんが》えるに、メタナイト様《さま》はその方法《ほうほう》でふたたびギャラクティックナイトを呼《よ》び出《だ》し、ご自身《じしん》をきたえようとしているのだろう」

「なるほど。では、メタナイト様《さま》はエナジースフィアのある場所《ばしょ》にいるということだな」

「そうだ。だが、いま言《い》ったとおり、エナジースフィアはきわめてめずらしい物質《ぶっしつ》。どこにでもあるというものではない。エナジースフィアを手《て》に入《い》れるためには、どうすればいいと思《おも》う？」

バル艦長《かんちょう》は、一同《いちどう》を見回《みまわ》した。

デデデ大王《だいおう》が手《て》をあげて言《い》った。

「カンタンなことだわい。マホロアの船《ふね》を、もういっぺん、ぶっこわそう」

「だめだよ！　ローアは心《こころ》をもつ船《ふね》なんだから。こわしたらかわいそうだよ！」

カービィが猛反対《もうはんたい》した。

ブレイドナイトが言《い》った。

「だが、そのエナジースフィアとやらの手《て》がかりがまったくない。その船《ふね》を調《しら》べてみるしかないのではないか……？」

「いや、その必要《ひつよう》はないのだ」

バル艦長《かんちょう》は、両手《りょうて》でテーブルを軽《かる》くたたいた。

「エナジースフィアは、めったに見《み》つからん。なぜなら、今《いま》では滅《ほろ》びてしまった古代文明《こだいぶんめい》によって作《つく》られた物質《ぶっしつ》だからだ」

「古代文明《こだいぶんめい》……？」

「うむ。われわれの銀河《ぎんが》から遠《とお》くはなれたところにある、ハルカンドラという惑星《わくせい》に、かつて存在《そんざい》したのだ。われわれには想像《そうぞう》もつかんくらい、高度《こうど》な発達《はったつ》をとげた文明《ぶんめい》だったようだが、あるとき消滅《しょうめつ》してしまった」

「なぜだ？」

「それは、わからん。とにかく、今《いま》となっては、かすかな痕跡《こんせき》しか残《のこ》っておらんのだ。エナジースフィアも、天《あま》かける船《ふね》ローアも、その文明《ぶんめい》によって作《つく》られたものと考《かんが》えられる」

「では、やはりそのローアという船《ふね》を調《しら》べるしかないんだな？」

「いや、ローアは、古代文明《こだいぶんめい》の産物《さんぶつ》のうちでもきわめつきの大物《おおもの》だ。それほどのものでなくても、こまごまとしたアイテムなら、たまに発見《はっけん》されることがあるのだ。そういったアイテムは、闇市《やみいち》で売《う》りに出《だ》される」

「やみーち……この船《ふね》は、そこに向《む》かってるんだったな。どういう場所《ばしょ》なのだ？」

デデデ大王《だいおう》がたずねた。バル艦長《かんちょう》は、ふてぶてしい笑《え》みを浮《う》かべて答《こた》えた。

「――闇市《やみいち》。ブラックマーケットと呼《よ》ばれることもある。おもてには出《だ》せない、あやしい物品《ぶっぴん》を取《と》り引《ひ》きする暗黒《あんこく》の市場《いちば》だ」

「ほう……？」

「それは、とある星《ほし》の、とある一角《いっかく》に存在《そんざい》する。ヒミツを明《あき》らかにすることは禁《きん》じられているため、はっきり話《はな》すことはできんがな。とにかく、ごく一部《いちぶ》の者《もの》しか知《し》らん、極悪《ごくあく》なマーケットなのだ」

「艦長《かんちょう》はなぜ、そんな極悪《ごくあく》マーケットのことを知《し》っているんですか？」

アックスナイトが質問《しつもん》した。バル艦長《かんちょう》は、艦長帽《かんちょうぼう》で表情《ひょうじょう》を隠《かく》して答《こた》えた。

「ワシは、なぞの多《おお》い男《おとこ》よ。おまえたちにも話《はな》していない、クールな過去《かこ》があるんじゃ。それはともかく、闇市《やみいち》にはまがい物《もの》も多《おお》いが、時《とき》にはとんでもないほりだし物《もの》が転《ころ》がっていることもある。あそこなら、ハルカンドラ製《せい》のお宝《たから》が見《み》つかる可能性《かのうせい》があるのだ」

「つまり……」

と、ソードナイトが言《い》った。

「そこで古代《こだい》の貴重《きちょう》なアイテムが見《み》つかれば、エナジースフィアを手《て》に入《い》れられる。そうすれば、スフィアローパーをおびきよせて、ギャラクティックナイトを呼《よ》び出《だ》せるというわけだな？」

「そういうことだ。メタナイト様《さま》はきっと、闇市《やみいち》に向《む》かわれたはず。よって、われわれも闇市惑星《やみいちわくせい》をめざすのだ」

「なんだか、めんどくさい話《はなし》だな……」

デデデ大王《だいおう》がぼやく間《あいだ》にも、戦艦《せんかん》ハルバードはぐんぐん速度《そくど》を上《あ》げて、闇市惑星《やみいちわくせい》に近《ちか》づいていった。

③ メタナイトをさがして

「さぁさぁ、よってらっしゃい見《み》てらっしゃい！　買《か》わなきゃ損《そん》の超目玉商品《ちょうめだましょうひん》だ！」

「お兄《にい》さん、こっちへいらっしゃい……アナタだけに特別《とくべつ》に売《う》ってあげるから……」

「ダンナ、いい品《しな》がありますぜ。見《み》るだけでもいいから、地下売《ちかう》り場《ば》へどうぞ」

あやしげな店《みせ》が軒《のき》を並《なら》べ、あやしげな売《う》り子《こ》が客《きゃく》を呼《よ》ぶ。

闇市《やみいち》は、ダークなエネルギーに満《み》ちあふれていた。

カービィやワドルディはもちろんのこと、デデデ大王《だいおう》も、メタナイツたちも、異様《いよう》なふんいきに圧倒《あっとう》され、ギュッとひとかたまりになって歩《ある》いていた。

「な、なんだか怖《こわ》いね。ヘンなものがたくさん売《う》ってる……」

ワドルディはビクビクして、カービィにしがみついた。

カービィは、最初《さいしょ》のうちこそ目《め》を丸《まる》くしていたが、だんだん慣《な》れてきた。

「おもしろいよー！　あっ、あの目玉商品《めだましょうひん》、九割引《わりび》きだって！　なんだろう!?」

「カービィ、あんまりおかしなものを買《か》わないほうがいいよ……」

「だいじょーぶ！」

カービィは大《おお》よろこびで、あやしげな店《みせ》の売《う》り子《こ》に話《はな》しかけに行《い》った。

ソードナイトは、よってくる売《う》り子《こ》たちをはらいのけながら、ふきげんそうに言《い》った。

「なんという、いかがわしい市場《いちば》だ。メタナイト様《さま》が、こんな場所《ばしょ》にいるのか？」

「いるはずだ！　ワシのカンが正《ただ》しければな！」

バル艦長《かんちょう》は、左右《さゆう》に並《なら》ぶ屋台《やたい》の売《う》り子《こ》から両手《りょうて》をつかまれ、ジタバタしながら答《こた》えた。

そんな艦長《かんちょう》を横目《よこめ》で見《み》て、ブレイドナイトが言《い》った。

「……あてにならんな」

「うーん……むだ足《あし》だったかも……」

だが、ここまで来《き》てしまったからには、手《て》がかりをさがすしかない。

みんなで手分《てわ》けして、メタナイトのことを聞《き》きこんでみたが、めぼしい情報《じょうほう》はなかった。

「ねえ、見《み》て見《み》て！　すごいお宝《たから》を買《か》っちゃった！」

一通《ひととお》りの探索《たんさく》を終《お》えたあと、カービィが言《い》った。片手《かたて》に、小《ちい》さな箱《はこ》を持《も》っている。

「食《た》べ物《もの》がむげんに増《ふ》える魔法《まほう》のボックスだよ！　こんなお宝《たから》が、ポイントスター三個《こ》と引《ひ》き換《か》えで買《か》えたんだ。安《やす》いでしょ！」

「ホンモノならな」

デデデ大王《だいおう》が、うたがわしげに言《い》う。カービィは、得意《とくい》になって言《い》った。

「ホンモノだってば。見《み》ててね。ここに、クッキーが一つあるでしょ」

カービィが開《あ》けた箱《はこ》の中《なか》には、なるほど、クッキーが一個《こ》。

「このクッキーを食《た》べても、箱《はこ》を一回《かい》たたけば……！」

カービィはクッキーを口《くち》に放《ほう》りこんで、箱《はこ》をたたき、開《あ》けてみた。

「ほーら、ごらんのとおり！　また、新《あたら》しいクッキーが……が……あれ？」

「……ないね」

ワドルディが、悲《かな》しそうに言《い》った。

カービィは箱《はこ》をさかさにして振《ふ》ってみたが、新《あたら》しいクッキーなんてない。

「あれ？　おかしいなあ。お店《みせ》の人《ひと》がやったときは、箱《はこ》をたたくと、クッキーが次々《つぎつぎ》に出《で》てきたのに……」

「ワハハ！　つまらん手品《てじな》にだまされおって」

デデデ大王《だいおう》が、バカにしたように笑《わら》った。

「オレ様《さま》は、おまえみたいにインチキ商品《しょうひん》にだまされたりしない。本当《ほんとう》に価値《かち》のある買《か》い物《もの》をしたぞ！」

「何《なに》を買《か》ったの？」

「すべての食《た》べ物《もの》をおいしくする、魔法《まほう》のエッセンスだ！」

デデデ大王《だいおう》は、小《こ》びんをかかげて見《み》せた。中《なか》に、白《しろ》いつぶつぶが入《はい》っている。

「これを、屋台《やたい》で買《か》ったソフトクリームに振《ふ》りかけてみると！」

デデデ大王《だいおう》は、ソフトクリームにたっぷりと、魔法《まほう》のエッセンスを振《ふ》りかけた。

「ふつうのソフトクリームが、信《しん》じられないくらいスペシャルな味《あじ》に……」

大王《だいおう》は、大《おお》きな舌《した》でソフトクリームをなめ、とたんに顔《かお》をしかめて飛《と》び上《あ》がった。

「うわっ、なんだこれは！　ぺっぺっぺ！　しょっぱいわい！」

「大王様《だいおうさま》、これは、ただのお塩《しお》です！」

ワドルディが、びんの中身《なかみ》を確《たし》かめて言《い》った。

デデデ大王《だいおう》は、顔《かお》を真《ま》っ赤《か》にした。

「うぬぅぅ……よくも、このオレ様《さま》をだましたな！　あの商人《しょうにん》め、ゆるさん！」

「ハハ！　これが、闇市《やみいち》というものよ」

バル艦長《かんちょう》が笑《わら》った。

「出回《でまわ》っている品物《しなもの》の九割《わり》は、まがい物《もの》だ。だが、たまに……本当《ほんとう》にたまに、ほりだし物《もの》が見《み》つかることがあるのだ。たとえば、遺跡《いせき》からの盗掘品《とうくつひん》などだ」

「とうくつひんって、なんですか？」

ワドルディがたずねると、バル艦長《かんちょう》は身《み》をかがめ、小声《こごえ》で言《い》った。

「大《おお》きな声《こえ》では言《い》えんがな、盗《ぬす》み出《だ》された宝物《たからもの》のことだ」

「えっ。それは、ドロボーってことじゃ……」

「まあな。いけないことだが、古代《こだい》の遺跡《いせき》などから宝物《たからもの》を盗《ぬす》み出《だ》し、この闇市《やみいち》で売《う》りさばく連中《れんちゅう》がいるのさ。そんな中《なか》に、ハルカンドラ製《せい》の貴重品《きちょうひん》が見《み》つかることがあるのだ」

ソードナイトが、うんざりした顔《かお》で言《い》った。

「本当《ほんとう》に、そんな貴重《きちょう》なものがあるのか？　あっちもこっちも、インチキ品《ひん》ばかりだぞ」

「本当《ほんとう》の宝物《たからもの》は、そうカンタンに見《み》つかるようなものではない。根気強《こんきづよ》く、闇市《やみいち》のすみずみまでさがすのだ！　夢《ゆめ》のお宝《たから》を手《て》に入《い》れてやるのだ――！」

「艦長《かんちょう》、オレたちがさがしてるのはお宝《たから》じゃなく、メタナイト様《さま》ですが」

アックスナイトが指摘《してき》した。

「わ、わかっとる！　ワシは、お宝《たから》に目《め》がくらんでるわけではない！」

バル艦長《かんちょう》は照《て》れ隠《かく》しのようにどなった。

そのとき、ワドルディが、ふと気《き》づいて言《い》った。

「あれ？　カービィがいませんよ」

「何《なに》？」

デデデ大王《だいおう》が足《あし》を止《と》め、きょろきょろした。カービィの姿《すがた》は、いつのまにか消《き》えていた。

「さっきまで、オレ様《さま》のとなりを歩《ある》いてたんだが。あいつ、また、インチキな店《みせ》に引《ひ》っかかってるんじゃないか？」

「こんなところで迷子《まいご》になったら、たいへんです。さがしましょう」

「ふん、世話《せわ》の焼《や》けるヤツだわい」

一行《いっこう》は、カービィをさがすため、来《き》た道《みち》を引《ひ》き返《かえ》すことにした。


さて、カービィはみんなからはなれて、ごみごみした道《みち》を一人《ひとり》で歩《ある》いている。

さっき買《か》った魔法《まほう》のボックスを、交換《こうかん》してもらうためだ。

カービィは、悪《わる》い商人《しょうにん》にだまされたなんて、ぜんぜん思《おも》っていない。たまたま、買《か》った品物《しなもの》が不良品《ふりょうひん》だっただけだと思《おも》いこんでいる。

「クッキー増《ふ》えなかったよって言《い》えば、きっと、新品《しんぴん》と交換《こうかん》してくれるよね」

しかし、魔法《まほう》のボックスを買《か》った場所《ばしょ》まで戻《もど》ってみると、もう店《みせ》はあとかたもなかった。

闇市《やみいち》では、インチキ品《ひん》を売《う》りつけた商人《しょうにん》はさっさとテントをたたみ、場所《ばしょ》を変《か》えてしまうのだ。

「あれ？　このへんのお店《みせ》だったんだけどなあ……道《みち》をまちがえたかな？」

カービィは困《こま》ってしまい、一本先《ぽんさき》の路地《ろじ》をのぞきこんでみた。

と、そこに、気《き》になる看板《かんばん》が見《み》えた。

他《ほか》の店《みせ》のような、そまつなテント造《づく》りではない。ボロ屋《や》ではあるが、ちゃんと壁《かべ》も屋根《やね》もある建物《たてもの》だ。

古《ふる》めかしい看板《かんばん》には「こっとう屋《や》」と書《か》いてある。

「こっとうって、なんだろう？　こんぺいとうみたいなものかな？」

なぜかわからないが、その店《みせ》が気《き》にかかった。カービィは店《みせ》に近《ちか》づいて、窓《まど》ガラスごしに中《なか》をのぞいてみた。

店内《てんない》はうすぐらい。石像《せきぞう》や大《おお》きなツボや家具《かぐ》や、ガラクタのようなものがところせまし

と並《なら》んでいる。
店《みせ》の奥《おく》にカウンターがあり、店主《てんしゅ》らしい老人《ろうじん》が客《きゃく》の相手《あいて》をしていた。
客《きゃく》は、こちら側《がわ》に背《せ》を向《む》けていた。だが、カービィには一目《ひとめ》でわかった。
「あ――！」
思《おも》わず大声《おおごえ》を上《あ》げ、店《みせ》のドアを開《あ》けて中《なか》へ飛《と》びこんだ。
背《せ》を向《む》けていた客《きゃく》が振《ふ》り返《かえ》った。
思《おも》ったとおり、メタナイトだった。彼《かれ》はカービィを見《み》ると、おどろいたように言《い》った。

「カービィ？　どうした。なぜ、君《きみ》がこんなところに？」

「なぜ、じゃないよ。メタナイトが行方不明《ゆくえふめい》だから、みんなでさがしに来《き》たんだよ」

「……そうか」

メタナイトはふたたびカービィに背《せ》を向《む》け、店主《てんしゅ》に言《い》った。

「では、これを買《か》おう。値段《ねだん》は、そちらの言《い》うとおりでいい」

「ありがとうございます。これは、たいへん良《よ》い品《しな》でございますよ」

店主《てんしゅ》は陰気《いんき》な声《こえ》で言《い》って、メタナイトに品物《しなもの》を手渡《てわた》した。

四角《しかく》い箱《はこ》のようなものだ。カービィが買《か》った魔法《まほう》のボックスと同《おな》じくらいの大《おお》きさだが、もっと汚《きたな》く、古《ふる》ぼけている。

メタナイトは支払《しはら》いをすませると、カービィには何《なに》も言《い》わずに店《みせ》を出《で》た。カービィはふしぎに思《おも》いながら、メタナイトに続《つづ》いた。

「何《なに》を買《か》ったの？　こっとう？　こっとうって、なあに？」

「古《ふる》い品物《しなもの》のことさ」

メタナイトは言葉少《ことばすく》なに答《こた》えて、早足《はやあし》で歩《ある》いていく。

カービィは、バル艦長《かんちょう》の話《はなし》を思《おも》い出《だ》して言《い》った。

「それ、ハルカンドラのもの？　メタナイト、それを使《つか》って、ギャラクティックナイトを呼《よ》び出《だ》すつもりなの？」

メタナイトは振《ふ》り返《かえ》った。仮面《かめん》をつけているので表情《ひょうじょう》はわからないが、ハッと息《いき》をのんだところを見《み》ると、相当《そうとう》おどろいたようだ。

「──そうか、私《わたし》の考《かんが》えは見《み》すかされていたようだな。バル艦長《かんちょう》から聞《き》いたのか？」

「うん。みんな、心配《しんぱい》してるよ。近《ちか》くにいるから、みんなのところへ戻《もど》ろうよ」

「……いや」

メタナイトは片手《かたて》で箱《はこ》をかかえ、マントを広《ひろ》げた。マントは黒《くろ》いつばさに変形《へんけい》した。

「これは、私《わたし》の戦《たたか》い。みなを巻《ま》きこむわけにはいかないのだ。さらばだ、カービィ」

言《い》うが早《はや》いか、メタナイトは飛《と》び上《あ》がった。

「あ、待《ま》って……！」

カービィは声《こえ》を上《あ》げたが、メタナイトはぐんぐん上昇《じょうしょう》していき、方向《ほうこう》を変《か》えて飛《と》び去《さ》ってしまった。

一瞬《いっしゅん》、追《お》いかけようと思《おも》ったが、コピー能力《のうりょく》をもっていない「すっぴん」の状態《じょうたい》では、メタナイトのスピードには追《お》いつけない。それに、やみくもに追《お》いかけているうちに、みんなとはぐれてしまっては困《こま》る。

いったん、みんなのところへ戻《もど》ったほうがいいのかな……そう考《かんが》えたときだった。

「あ、いたいた、カービィ！」

「勝手《かって》にうろつき回《まわ》るな。世話《せわ》が焼《や》けるわい」

カービィをさがしていた一行《いっこう》が駆《か》けよってきた。

「みんな……！」

カービィは、急《いそ》いで話《はな》した。こっとう屋《や》でメタナイトを見《み》つけたことや、彼《かれ》がカービィの言葉《ことば》に耳《みみ》を貸《か》さずに飛《と》び去《さ》ってしまったことを。

バル艦長《かんちょう》は、じだんだを踏《ふ》んでくやしがった。

「ぬぬぬぅ、一歩《いっぽ》遅《おそ》かったか！　して、メタナイト様《さま》は、どちらの方角《ほうがく》へ？」

「んーと……あっちのほう……かな……？」

カービィは、手《て》をふらふらさせながら、空《そら》をさした。

「あっちのほうじゃ、わからん。正確《せいかく》に言《い》うのだ！」

「うーん……あのシュークリームみたいな雲《くも》のほうだったんだけど……」

「ばかもの、雲《くも》は流《なが》れておるではないか！　むむ、しかたない。とにかく、あっちのほうだな！　メタナイト様《さま》を追《お》いかけるぞ！」

走《はし》り出《だ》そうとするバル艦長《かんちょう》を、ソードナイトが止《と》めた。

「あてもなく飛《と》び出《だ》したところで、追《お》いつけん。それより、メタナイト様《さま》が買《か》い物《もの》をしたという店《みせ》で、話《はなし》を聞《き》いてみてはどうだろう。メタナイト様《さま》が、何《なに》か言《い》い残《のこ》しているかもしれないぞ！」

「……よし」

一行《いっこう》は、はやる気持《きも》ちをおさえながら、「こっとう屋《や》」に入《はい》っていった。


こっとう屋《や》の店主《てんしゅ》は、ドカドカと足音《あしおと》を立《た》てて入《はい》ってきた一行《いっこう》を見《み》て目《め》を丸《まる》くした。

「いらっしゃいませ……今日《きょう》はめずらしくお客《きゃく》が多《おお》い日《ひ》だな」

「オレ様《さま》たちは客《きゃく》じゃない。さっき、この店《みせ》で買《か》い物《もの》をしたっていう客《きゃく》のことを聞《き》きたいんだ」

デデデ大王《だいおう》が、すごみのある声《こえ》で言《い》った。

店主《てんしゅ》は、細《ほそ》い目《め》をしょぼしょぼさせて、あらためて一行《いっこう》をながめた。

「あなたがた、あの仮面《かめん》の剣士様《けんしさま》のお知《し》り合《あ》いですか？」

「ヤツがどこへ向《む》かったか、心当《こころあ》たりはないか。かくすと、ためにならんぞ！」

デデデ大王《だいおう》は荒々《あらあら》しく、カウンターの上《うえ》に身《み》を乗《の》り出《だ》して、店主《てんしゅ》のえりもとをつかもうとした。ワドルディがあわてて止《と》めた。

「大王様《だいおうさま》、乱暴《らんぼう》はいけません。とにかく、話《はなし》を聞《き》かないと」

カービィが、カウンターの上《うえ》に飛《と》び乗《の》った。

「メタナイトは何《なに》を買《か》っていったの？　クッキーが増《ふ》える箱《はこ》に似《に》てたけど」

「……は？　クッキー……？」

「うん。ぼくが買《か》った箱《はこ》は、こわれてたんだ。メタナイトのは、ハルカンドラ製《せい》でしょ？

いいなあ。ぼくも、ハルカンドラ製《せい》のクッキー箱《ばこ》ほしい！」

「……おっしゃる意味《いみ》が、さっぱりわかりませんが……」

店主《てんしゅ》は首《くび》を振《ふ》った。

「仮面《かめん》の剣士様《けんしさま》が買《か》われたのは、確《たし》かにハルカンドラ製《せい》の品《しな》でございますが、クッキー箱《ばこ》ではございません。さる古代遺跡《こだいいせき》の奥深《おくふか》くに眠《ねむ》っていた、伝説《でんせつ》のアイテムでございますよ……」

「さては、おまえ、盗掘《とうくつ》したな？」

バル艦長《かんちょう》がたずねたが、店主《てんしゅ》は聞《き》こえないふりをして続《つづ》けた。

「あれは、ハルカンドラ製《せい》のオルゴールです。それは、それは貴重《きちょう》な」

「オルゴール……だって？」

「ええ。現代《げんだい》の技術力《ぎじゅつりょく》では作《つく》り出《だ》すことのできない、神秘《しんぴ》のアイテムでございますよ」

「オルゴール……か。つまらんな」

デデデ大王《だいおう》が、顔《かお》をしかめた。

「どんなにいい音《おと》が出《で》るか知《し》らんが、オルゴールはオルゴールだ。ネジを巻《ま》けば、音楽《おんがく》が鳴《な》り出《だ》すだけだろう？」

「それが、ちがうのでございます」

店主《てんしゅ》は、得意《とくい》そうな表情《ひょうじょう》になった。

「ハルカンドラ製《せい》のオルゴールは、音《おと》が鳴《な》らないのでございます」

「……なんだと？　キサマ、不良品《ふりょうひん》を売《う》りつけたのか？」

「いいえ。もとから、鳴《な》らないのです」

店主《てんしゅ》は、ぽかんとしている一行《いっこう》をながめ回《まわ》し、ますます得意満面《とくいまんめん》。

「ハルカンドラ製《せい》のオルゴールが奏《かな》でる音楽《おんがく》は、聞《き》く者《もの》の耳《みみ》ではなく、こころに流《なが》れこんできます。その時《とき》、その者《もの》に、最《もっと》もふさわしい音楽《おんがく》が。ですから、ひとによって、悲《かな》しいメロディだったり、楽《たの》しいメロディだったり、さまざまな音楽《おんがく》が感《かん》じられるのです……」

「不良品《ふりょうひん》だわい」

デデデ大王《だいおう》はバッサリと決《き》めつけて、続《つづ》けた。

「で、メタナイトは何《なに》か言《い》ってなかったか？　これから、どこへ向《む》かうつもりだとか」

「いえ。仮面《かめん》の剣士様《けんしさま》は、ただ、オルゴールがホンモノのハルカンドラ製《せい》であることを確《たし》かめて、お買《か》い上《あ》げくださっただけで。よけいな話《はなし》はいっさい……」

「フン。役《やく》に立《た》たん。行《い》くぞ」

短気《たんき》なデデ大王《だいおう》は、さっさと店《みせ》を出《で》て行《い》こうとする。

バル艦長《かんちょう》が、店主《てんしゅ》にたずねた。

「ここらに、人気《ひとけ》のない荒《あ》れ地《ち》のような場所《ばしょ》はあるかな？」

「……はい？」

「伝説《でんせつ》の戦士《せんし》がぶつかり合《あ》うのにふさわしい場所《ばしょ》はあるかと聞《き》いておるのだ」

店主《てんしゅ》は首《くび》をかしげている。ソードナイトが説明《せつめい》を加《くわ》えた。

「とにかく、広《ひろ》くて人目《ひとめ》につかなくて、ちょっとぐらい大地《だいち》が割《わ》れたってだれにも迷惑《めいわく》をかけないような場所《ばしょ》をさがしてるんだ。この近《ちか》くにあるか？」

「は……はあ……」

変《か》わった質問《しつもん》に、目《め》を白黒《しろくろ》させながら、店主《てんしゅ》は答《こた》えた。

「そのような場所《ばしょ》がお望《のぞ》みでしたら、まずイナズマ荒野《こうや》が最適《さいてき》でございましょうな」

「イナズマ荒野《こうや》？」

「はい。遠《とお》い昔《むかし》にカミナリが落《お》ちて、あたり一帯《いったい》を焼《や》き払《はら》ってしまったと言《い》われる荒野《こうや》ですよ。くずれた遺跡《いせき》があるだけで、だれも住《す》んでいません」

「おまえが盗掘《とうくつ》した遺跡《いせき》か」

店主《てんしゅ》は聞《き》こえないふりをし、言《い》った。

「ここから北《きた》へ、徒歩《とほ》でおよそ二日《ふつか》。イナズマ荒野《こうや》なら、いくら暴《あば》れ回《まわ》ったって苦情《くじょう》はきません」

「二日《ふつか》……だと。遠《とお》すぎる！　戦《たたか》いが終《お》わってしまうわ」

バル艦長《かんちょう》がうめいた。

「ハルバードに乗《の》って行《い》けばいいじゃないか」

デデデ大王《だいおう》が提案《ていあん》したが、バル艦長《かんちょう》は首《くび》を振《ふ》った。

「ハルバードはもともと宇宙《うちゅう》を航行《こうこう》するための船《ふね》。短距離《たんきょり》の移動《いどう》には向《む》いてないのだ」

「だったら、どこかで乗《の》り物《もの》を手《て》に入《い》れるしかないぞ」

「ウィリーがいれば、『ホイール』のコピー能力《のうりょく》を使《つか》えるんだけどな！」

カービィが残念《ざんねん》そうに言《い》った。

と、その言葉《ことば》を聞《き》いた店主《てんしゅ》が、口《くち》をはさんだ。

「コピー能力《のうりょく》、とおっしゃいましたか？　まさか、あなたはコピー能力《のうりょく》を使《つか》いこなせるのですか？」

「うん、そうだよ！」

カービィは元気《げんき》よく答《こた》えた。

カービィは、特別《とくべつ》なチカラをもった相手《あいて》を吸《す》いこむと、そのチカラをコピーすることができる。たとえば、タイヤのような姿《すがた》をしたププブランドの住人《じゅうにん》ウィリーを吸《す》いこむと、猛《もう》スピードで転《ころ》がる「ホイール」のコピー能力《のうりょく》を身《み》につけることができるのだ。

「でも、ここにはウィリーがいないからね……」

「お待《ま》ちください。それなら、とっておきの品《しな》がございます」

店主《てんしゅ》はそう言《い》って、奥《おく》の棚《たな》から大《おお》きな袋《ふくろ》を取《と》り出《だ》してきた。

「ごらんください」

店主《てんしゅ》は袋《ふくろ》をあけて、中《なか》から透《す》きとおった玉《たま》を取《と》り出《だ》した。

玉《たま》の中《なか》には星形《ほしがた》のものが入《はい》っており、その星《ほし》の表面《ひょうめん》に、タイヤのもようがくっきりと浮《う》かび上《あ》がっていた。

カービィは、それを見《み》てピンときた。

「それ、コピーのもとだね！」

「さようでございます。これも、私《わたし》がとある遺跡《いせき》から盗《とう》……掘《ほ》り出《だ》してきたものでございます。これまで、これを使《つか》いこなせるお客様《きゃくさま》にめぐり会《あ》うことができず、持《も》てあましておりましたが……」

コピーのもとは、めったに見《み》つからない貴重《きちょう》なアイテム。カービィがこれに触《ふ》れると、玉《たま》におさめられたコピー能力《のうりょく》を使《つか》うことができる。しかも、何度《なんど》も繰《く》り返《かえ》し使《つか》えるというすぐれものだ。

「お客様《きゃくさま》なら、きっと使《つか》いこなせることでしょう。このとおり、お役《やく》に立《た》つコピーのもとが、お得《とく》な詰《つ》め合《あ》わせになっております」

店主《てんしゅ》は、袋《ふくろ》の中《なか》から「ファイア」や「アイス」など、数種類《すうしゅるい》のコピーのもとを取《と》り出《だ》してみせた。

カービィは、大《おお》よろこび。

「わあい！　それがあれば、イナズマ荒野《こうや》まで、あっというまだよ！」

「お売《う》りしましょう。ただ、貴重《きちょう》なものですゆえ、少々《しょうしょう》お値段《ねだん》は張《は》りますが……」

「ポイントスターいくつぶん？」

カービィがたずねたが、店主《てんしゅ》は苦笑《にがわら》いをして、首《くび》を振《ふ》った。

「あいにくですが、ポイントスターでのお支払《しはら》いはできません。当店《とうてん》は、現金《げんきん》しか受《う》けつけておりません」

カービィは、デデデ大王《だいおう》とバル艦長《かんちょう》を見上《みあ》げた。

デデデ大王《だいおう》は、すばやく言《い》った。

「オレ様《さま》はもちろん大金持《おおがねも》ちだが、今《いま》は持《も》ってないぞ。さっきの塩《しお》に、大金《たいきん》を使《つか》ってしまったのでな」

「むぅ……しかたない」

バル艦長《かんちょう》が、しぶしぶ、ふところから財布《さいふ》を取《と》り出《だ》した。

「いくらだ？」

店主《てんしゅ》は、紙《かみ》にさらさらっと金額《きんがく》を書《か》いてみせた。バル艦長《かんちょう》はのけぞった。

「た、た、高《たか》ぁぁいっ！」

「貴重《きちょう》なものですゆえ……」

「そんなに払《はら》ったら、ワシが一文無《いちもんな》しになってしまうではないか。もうちょっと負《ま》けてくれんか？　せめて半額《はんがく》に……」

「ご冗談《じょうだん》でしょう」

「そこを、なんとか……」

「艦長《かんちょう》、値切《ねぎ》っている時間《じかん》はありません！　早《はや》く出発《しゅっぱつ》しないと！」

アックスナイトが急《せ》かした。

「くくっ……やむをえん！」

バル艦長《かんちょう》は涙《なみだ》をこらえて、店主《てんしゅ》が示《しめ》したとおりの金額《きんがく》を支払《しはら》った。

「ああ……すっからかんだ。明日《あした》から、おやつ抜《ぬ》きだ……！」

「わしのおやつを分《わ》けてあげるだスよ。元気出《げんきだ》すだス」

「それじゃ、しゅっぱーつ！」

張《は》り切《き》るカービィを先頭《せんとう》に、一行《いっこう》はこっとう屋《や》を飛《と》び出《だ》した。

ひび割《わ》れた大地《だいち》が広《ひろ》がる、忘《わす》れられた土地《とち》——イナズマ荒野《こうや》。

遠《とお》い昔《むかし》、特大《とくだい》のカミナリが落《お》ちたといわれる荒野《こうや》だ。カミナリに直撃《ちょくげき》されたのは、栄華《えいが》をほこった宮殿《きゅうでん》だったという。周囲《しゅうい》には美《うつく》しい街並《まちな》みがあったといわれているが、それもすべてカミナリによって焼《や》き払《はら》われてしまった。

今《いま》、残《のこ》っているのは、むざんに崩《くず》れ落《お》ちた宮殿《きゅうでん》のあとだけ。

メタナイトは、かつて宮殿前《きゅうでんまえ》の広場《ひろば》だった場所《ばしょ》に立《た》ち、宝剣《ほうけん》ギャラクシアを大地《だいち》に突《つ》き立《た》てた。

こっとう屋《や》で買《か》った箱《はこ》——ハルカンドラの古代文明《こだいぶんめい》によって作《つく》られたオルゴールを持《も》ち上《あ》げ、そっとふたを開《あ》ける。

とたんに、だれの耳《みみ》にも聞《き》こえない音楽《おんがく》が流《なが》れ出《だ》した。今《いま》のメタナイトのこころを映《うつ》し出《だ》したような、冷《つめ》たく、静《しず》かで、緊迫《きんぱく》したメロディだった。

メタナイトはその曲《きょく》をこころで聞《き》きながら、つぶやいた。

「実《じつ》にみごとな細工《さいく》だ。破壊《はかい》するのは惜《お》しいが——」

メタナイトはオルゴールを足《あし》もとに置《お》き、ふたを閉《と》じた。メタナイトのこころにだけ響《ひび》いていたメロディは、ふっと消《き》えた。

「私《わたし》の願《ねが》いをかなえるため、こうするしかないのだ。許《ゆる》せ」

メタナイトはギャラクシアを引《ひ》き抜《ぬ》くと、大《おお》きく振《ふ》り上《あ》げた。

オルゴールを打《う》ちくだこうとした、その瞬間《しゅんかん》。

「お待《ま》ちください、メタナイト様《さま》――！」

大声《おおごえ》が、荒野《こうや》に響《ひび》き渡《わた》った。

もうもうと土煙《つちけむり》を立《た》てて、何《なに》かが猛《もう》スピードで近《ちか》づいてくる。メタナイトはギャラクシアを振《ふ》り上《あ》げたまま、そちらを見《み》た。

それはいきおいあまってメタナイトの前《まえ》をとおりすぎ、急《きゅう》ブレーキをかけた。タイヤにつながれた荷車《にぐるま》だ。ブレーキが急《きゅう》すぎて、乗《の》っていた連中《れんちゅう》はバラバラに投《な》げ出《だ》された。

「うわっ！」

「いてっ！」

「気《き》をつけろ、カービィ！」

大地《だいち》に転《ころ》がったのは、デデデ大王《だいおう》とワドルディ、それにバル艦長《かんちょう》ら、メタナイトの部下《ぶか》たちだった。

「ごめんごめん！　スピードを出《だ》しすぎちゃった！」

タイヤはくるんと一回転《かいてん》すると、たちまちカービィの姿《すがた》に戻《もど》った。

「おまえたち……」

メタナイトは、ため息《いき》まじりにつぶやいた。

カービィたちは、メタナイトを取《と》り囲《かこ》んだ。腹立《はらだ》たしそうに口《くち》を開《ひら》いたのは、デデデ大《だい》王《おう》だった。

「さがしたぞ、メタナイト。フラッといなくなるのはキサマの勝手《かって》だが、部下《ぶか》には行《い》き先《さき》ぐらい言《い》っておけ。おかげで、オレ様《さま》まで大迷惑《だいめいわく》をこうむったわい！」

バル艦長《かんちょう》が、深刻《しんこく》な口調《くちょう》で言《い》った。

「メタナイト様《さま》、ギャラクティックナイトの封印《ふういん》をとくおつもりですか？」

「……」

「おやめください。以前《いぜん》に戦《たたか》ったときのことを忘《わす》れたんですか。また、あんな大《おお》けがをすることになったら……」

「けがをしたのは、私《わたし》の弱《よわ》さゆえだ」

メタナイトは、いつもの彼《かれ》とはちがう、冷《つめ》たい声《こえ》で言《い》い放《はな》った。

「私《わたし》は、もっともっと強《つよ》くなりたい。そのためなら、何度《なんど》でも挑《いど》み続《つづ》ける」

「メタナイト様《さま》は、もう十分《じゅうぶん》、お強《つよ》いですぞ！」

「――部下《ぶか》を失《うしな》ってしまった」

メタナイトの声《こえ》には、おさえきれない感情《かんじょう》がにじみ出《で》ていた。悲《かな》しみ、くやしさ、そして自分《じぶん》への怒《いか》り。

バル艦長《かんちょう》たちはハッと息《いき》をのんだ。

「それも、私《わたし》の弱《よわ》さゆえ。私《わたし》は、もう二度《にど》とあんなあやまちを犯《おか》したくないのだ」

「メタナイト様《さま》……！」

「下《さ》がっていろ。おまえたちこそ、巻《ま》きこまれて大《おお》けがをしても知《し》らんぞ」

メタナイトは宝剣《ほうけん》ギャラクシアを握《にぎ》り直《なお》し、オルゴールめがけて振《ふ》り上《あ》げた。

が、すばやく飛《と》び出《だ》したカービィが、オルゴールをうばい取《と》ってしまった。

「カービィ！」

メタナイトはおどろきの声《こえ》を上《あ》げ、カービィをにらんだ。

「何《なに》をする。それを返《かえ》せ」

「ダメだよ、メタナイト。これ、ハルカンドラ製《せい》のオルゴールでしょ。こわしたりしたら、もったいないよ」

「君《きみ》にはかかわりのないことだ。返《かえ》せ！」

メタナイトは声《こえ》を荒《あら》らげた。

カービィはオルゴールをかかえこんで、メタナイトを見《み》つめた。

こわしてしまったらもったいない、と言《い》ったのは、ウソではないけれど、カービィの気《き》もちはそれだけではなかった。

メタナイトの様子《ようす》が、なんだかおかしいように感《かん》じる。部下《ぶか》を失《うしな》ったことをくやむあまり、まわりの声《こえ》がまったく耳《みみ》に入《はい》らなくなってしまっているようだ。バル艦長《かんちょう》の言葉《ことば》にも耳《みみ》を貸《か》さないなんて、メタナイトらしくない。

このまま、メタナイトの思《おも》うとおりにギャラクティックナイトを呼《よ》び出《だ》してしまったら、恐《おそ》ろしいことになる予感《よかん》がする。このオルゴールを、こわさせてはいけない。

メタナイトはギャラクシアを手《て》に、カービィに迫《せま》った。

「返《かえ》せというのだ。さもないと……」

「ダメだよ。おねがい、話《はなし》を聞《き》いて、メタナイト」

「返《かえ》せ！」

メタナイトはギャラクシアを振《ふ》り上《あ》げ、大《だい》地《ち》をけった。

カービィはびっくりして飛《と》び下《さ》がった。メタナイトが振《ふ》り下《お》ろした剣《けん》は、大地《だいち》に当《あ》たって、火花《ひばな》を散《ち》らした。

「メタナイト……！」

「返《かえ》してくれ、カービィ。私《わたし》はギャラクティックナイトと戦《たたか》いたいのだ……もっと強《つよ》くなるために！」

話《はなし》が通《つう》じそうにない。カービィはオルゴールをしっかりかかえて、逃《に》げ出《だ》した。

「カービィ！」

メタナイトはマントをつばさに変《か》え、追《お》いかけた。

コピー能力《のうりょく》をもたない状態《じょうたい》のカービィでは、メタナイトのスピードにはかなわない。

カービィは走《はし》りながら悲鳴《ひめい》を上《あ》げた。

「コピーのもとをちょうだい！　ホイールか、ジェットをおねがい！」

「よ、よし」

コピーのもと詰《つ》め合《あ》わせの袋《ふくろ》は、ブレイドナイトがかついでいた。彼《かれ》は急《いそ》いで袋《ふくろ》の口《くち》をあけ、中《なか》のものを取《と》り出《だ》した。

「えーと、これは……ハンマーか。これはパラソル。お、これがいいかな？」

「だめです、それはスリープ！　コピーしたら、カービィが寝《ね》ちゃいます！」

ワドルディがあわてて止《と》めた。

慣《な》れないブレイドナイトがあたふたしている間《あいだ》に、メタナイトはカービィに襲《おそ》いかかっていた。

「返《かえ》してくれ、カービィ！」

「わあああっ」

後《うし》ろからつかみかかられて、カービィは転《ころ》びそうになった。

そのとき、カービィの目《め》の前《まえ》にデデデ大王《だいおう》がおどり出《で》た。

「こっちへよこせ、カービィ！」

「……うん！」

カービィはつんのめりながら、オルゴールを思《おも》いっきり投《な》げた。デデデ大王《だいおう》が、みごとにキャッチ。

「ハハハ！　このオレ様《さま》から、うばえるものなら、うばってみろ！」

デデデ大王《だいおう》はオルゴールを小《こ》わきにかかえると、走《はし》り出《だ》した。

メタナイトの仮面《かめん》の下《した》の目《め》が、するどく光《ひか》った。

「――私《わたし》を怒《おこ》らせるとは、おろかな！」

冷《つめ》たい声《こえ》でつぶやくと、メタナイトはつばさを大《おお》きく広《ひろ》げた。

カービィばかりか、デデデ大王《だいおう》まで自分《じぶん》のジャマをしようとしていると知《し》って、本気《ほんき》の怒《いか》りにかられてしまったようだ。

「だれが相手《あいて》でも、容赦《ようしゃ》はしない」

メタナイトは宝剣《ほうけん》ギャラクシアを振《ふ》りかざし、デデデ大王《だいおう》を追《お》った。

ふざけ半分《はんぶん》だったデデデ大王《だいおう》は、メタナイトが本気《ほんき》で襲《おそ》いかかってきたのを見《み》て、顔色《かおいろ》を変《か》えた。

「お、おい。キサマ、オレ様《さま》に剣《けん》を向《む》けるのか！」

「オルゴールを返《かえ》さないなら、やむをえない」

「落《お》ち着《つ》け、メタナイト……！」

メタナイトは耳《みみ》を貸《か》さず、デデデ大王《だいおう》に斬《き》りかかった。

「デデデ大王《だいおう》、オルゴールをこちらへ！」

バル艦長《かんちょう》が叫《さけ》んで手《て》を伸《の》ばした。大王《だいおう》は思《おも》いっきりオルゴールを放《ほう》り投《な》げた。

しかし、メタナイトのスピードが勝《か》った。

メタナイトは空中《くうちゅう》で反転《はんてん》し、宝剣《ほうけん》ギャラクシアを大《おお》きく振《ふ》り上《あ》げた。

宙《ちゅう》を飛《と》ぶオルゴールに向《む》けて、こんしんの一撃《いちげき》。

オルゴールは、バラバラに砕《くだ》けた。シリンダーや歯車《はぐるま》など、こまかな部品《ぶひん》が飛《と》び散《ち》った。

そして——明《あか》るくかがやく、ふしぎな球体《きゅうたい》が飛《と》び出《だ》した。球《たま》の中《なか》に、金色《きんいろ》の歯車《はぐるま》のようなものが収《おさ》まっている。

ふわりと浮《う》かんだその球体《きゅうたい》を見《み》て、カービィが叫《さけ》んだ。

「エナジースフィアだ！」

4 復活《ふっかつ》！　銀河最強《ぎんがさいきょう》の戦士《せんし》

はるかな昔《むかし》、ハルカンドラの高度《こうど》な文明《ぶんめい》によって作《つく》り出《だ》されたエネルギーのかたまり、エナジースフィア。

それは、オルゴールから解《と》き放《はな》たれて、ますますかがやきを強《つよ》めた。

と――エナジースフィアのまわりの空間《くうかん》が、ゆがみ始《はじ》めた。

メタナイトは大地《だいち》に立《た》って、ゆがむ空間《くうかん》をにらんでいた。

カービィたちにも、もはや、なすすべがない。全員《ぜんいん》、息《いき》をのんで見守《みまも》った。

ゆがんだ空間《くうかん》に、星《ほし》の形《かたち》の穴《あな》が開《あ》いた。

その向《む》こうに広《ひろ》がっているのは、果《は》てしなき暗黒《あんこく》。

デデデ大王《だいおう》が、うめいた。

「あれが、異空間《いくうかん》ロードか……！」

と同時《どうじ》に、星形《ほしがた》の穴《あな》から何《なに》かが飛《と》び出《だ》してきた。

まるい頭《あたま》に鳥《とり》のようなつばさを生《は》やした、むらさき色《いろ》のいきものだ。異空間《いくうかん》に住《す》むスフィアローパーが、早《はや》くもエナジースフィアの気配《けはい》をかぎつけ、こちら側《がわ》の世界《せかい》にむりやり穴《あな》をこじ開《あ》けて侵入《しんにゅう》してきたのだ。

メタナイトはスフィアローパーには目《め》もくれず、異空間《いくうかん》ロードへと通《つう》じる穴《あな》に向《む》かって叫《さけ》んだ。

「封印《ふういん》されし戦士《せんし》、ギャラクティックナイト！　今《いま》ひとたび目覚《めざ》めて、私《わたし》と戦《たたか》え！」

「お……おい……まずいぞ」

デデデ大王《だいおう》が、あせって叫《さけ》んだ。

「ギャラクティックナイトがよみがえる前《まえ》に、あの穴《あな》をふさぐんだ！　おい、キサマ」

大王《だいおう》は、スフィアローパーに呼《よ》びかけた。

スフィアローパーは、大好物《だいこうぶつ》のエナジースフィアを見《み》つけて興奮《こうふん》している。エナジースフィアを飲《の》みこもうとしているが、からだが小《ちい》さいため、口《くち》が開《ひら》ききらずに苦労《くろう》しているようだ。

「キサマ、とっと穴《あな》をふさいで、あっちへ帰《かえ》れ！」

デデデ大王《だいおう》がどなりつけても、スフィアローパーには通《つう》じない。

バル艦長《かんちょう》が言《い》った。

「どうやら、こいつはまだ子《こ》どもらしいぞ。小《ちい》さすぎて、エナジースフィアを飲《の》みこみきれんのだな」

「ええい、役《やく》に立《た》たんわい！　いいから、さっさと飲《の》みこんであっちへ帰《かえ》れ！」

デデデ大王《だいおう》はスフィアローパーをひっつかんで、ゆさぶった。スフィアローパーは、あわてたように、つばさをバタバタさせた。

カービィが止《と》めた。

「やめて、かわいそうだよ」

「だが、急《いそ》がないと……！」

「間《ま》に合《あ》わーん！」

バル艦長《かんちょう》が大声《おおごえ》を上《あ》げるのと、ほぼ同時《どうじ》に――。

ひときわ強《つよ》い光《ひかり》があたりを照《て》らし、みな、思《おも》わず後《あと》じさった。

異空間《いくうかん》ロードへと通《つう》じる穴《あな》から、大《おお》きな結晶《けっしょう》のようなものが、ゆっくり回転《かいてん》しながら落《お》ちてきた。

宝石《ほうせき》のようにかがやく、うすむらさき色《いろ》のクリスタルだ。その美《うつく》しさ、まばゆさに、だれもが言葉《ことば》を失《うしな》った。

クリスタルが出現《しゅつげん》すると、星形《ほしがた》の穴《あな》はふさがれてしまった。

まっさきにわれに返《かえ》ったのは、メタナイトだった。

「ギャラクティックナイト……！」

彼《かれ》が叫《さけ》ぶと同時《どうじ》に、うすむらさき色《いろ》のクリスタルは砕《くだ》け散《ち》った。

そこにあらわれたのは、白《しろ》い仮面《かめん》をつけた戦士《せんし》。

頭《あたま》に二本《ほん》の金色《きんいろ》のツノ、背《せ》には純白《じゅんぱく》のつばさが生《は》えている。メタナイトのつばさよりもずっと大《おお》きく、力強《ちからづよ》い。

仮面《かめん》の下《した》からのぞく目《め》は、炎《ほのお》のような真紅《しんく》。そこには、いかなる感情《かんじょう》も宿《やど》っていなかった。

圧倒的《あっとうてき》なオーラを放《はな》つ銀河最強《ぎんがさいきょう》の戦士《せんし》が、ついに封印《ふういん》からとき放《はな》たれ、この地《ち》に降《お》り立《た》ったのだ。

「また会《あ》えたな、ギャラクティックナイトよ」

メタナイトの声《こえ》は、よろこびのあまり、うわずっていた。

ギャラクティックナイトは、静《しず》かにメタナイトに向《む》き直《なお》った。

右《みぎ》の手《て》には、バラ色《いろ》の巨大《きょだい》なランス。左《ひだり》の手《て》には、十字《じゅうじ》の紋章《もんしょう》が刻《きざ》まれた白《しろ》い盾《たて》を持《も》っている。

「目覚《めざ》めたばかりのところ、悪《わる》いが、私《わたし》と勝負《しょうぶ》してもらう――」

メタナイトの言葉《ことば》が終《お》わらないうちに、ギャラクティックナイトは戦《たたか》いを開始《かいし》していた。

巨大《きょだい》なランスを構《かま》え、一直線《いっちょくせん》にメタナイトめがけて突《つ》っこんでいく。

その速《はや》さは、目《め》にもとまらぬほど。メタナイトは、転《ころ》がってかわすのが精一杯《せいいっぱい》だった。

メタナイツたちは震《ふる》え上《あ》がった。

「な、なんて、すさまじいスピード……！」

「あの大《おお》きなランスで突《つ》かれたら、ひとたまりもないぞ！」

「メタナイト様《さま》……！」

体勢《たいせい》を立《た》て直《なお》したメタナイトは、すばやく攻撃《こうげき》を繰《く》り出《だ》した。

つばさを広《ひろ》げて飛《と》び上《あ》がり、頭上《ずじょう》からギャラクティックナイトを狙《ねら》う。

しかし、ギャラクティックナイトは盾《たて》を高《たか》くかざした。

攻撃《こうげき》を防《ふせ》いだばかりではない。盾《たて》に刻《きざ》まれた十字《じゅうじ》の紋章《もんしょう》から、衝撃波《しょうげきは》が放《はな》たれた。

思《おも》いもかけぬ攻撃《こうげき》に、メタナイトは体勢《たいせい》を崩《くず》した。

よろめいたメタナイトに、バラ色《いろ》のランスが襲《おそ》いかかる。

間一髪《かんいっぱつ》、メタナイトは飛《と》びのいた。

メタナイトがいた場所《ばしょ》はランスの先端《せんたん》でえぐられ、大地《だいち》がメリメリと音《おと》を立《た》ててひび割《わ》れた。

あまりのことに、メタナイツたちは棒立《ぼうだ》ちになった。デデデ大王《だいおう》が叫《さけ》んだ。

「ここにいると巻《ま》き添《ぞ》えを食《く》らうぞ。みんな、下《さ》がって身《み》を守《まも》るんだ！」

叫《さけ》ぶが早《はや》いか、ワドルディの手《て》をつかんで、崩《くず》れた宮殿《きゅうでん》のほうへ駆《か》け出《だ》している。

メタナイツたちは、ためらった。

「だけど、この戦《たたか》いを見届《みとど》けないわけには……」

「メタナイト様《さま》が、これほど苦戦《くせん》するなんて」

「もしも大《おお》けがをしたら、すぐ手当《てあ》てできるように、近《ちか》くにいないと！」

「うむ、みな、よく言《い》ったぞ」

バル艦長《かんちょう》がうなずいた。

「それでこそ、メタナイト様《さま》の部下《ぶか》。ワシも、もちろん逃《に》げたりしない！」

だが、そこへ、すさまじい突風《とっぷう》が吹《ふ》きつけた。

ギャラクティックナイトがランスをふるった衝撃《しょうげき》で、つむじ風《かぜ》が巻《ま》き起《お》こったのだ。その場《ば》に立《た》ちつくしていた全員《ぜんいん》が、あおりを食《く》らってひっくり返《かえ》った。

カービィが起《お》き上《あ》がって叫《さけ》んだ。

「いたたた……ここは、あぶないよ。みんな、逃《に》げたほうがいいよ！」

「くぅ……無念《むねん》だが、仕方《しかた》ない！　われわれがここにいても、メタナイト様《さま》のお役《やく》にはたてん。総員《そういん》、いったん避難《ひなん》するぞ！」

カービィたちは、宮殿《きゅうでん》に向《む》かって走《はし》り出《だ》した。


カミナリに焼《や》かれた宮殿《きゅうでん》は、天井《てんじょう》が崩《くず》れ落《お》ち、柱《はしら》が折《お》れ、荒《あ》れ果《は》てていた。が、いちおう、外《そと》でおこなわれているすさまじい戦闘《せんとう》の衝撃《しょうげき》からは、身《み》を守《まも》ることができる。

一行《いっこう》は、宮殿《きゅうでん》の広間《ひろま》に座《すわ》りこんで、やっと一息《ひといき》ついた。

「あれが、ギャラクティックナイトか。さすが、銀河最強《ぎんがさいきょう》とうたわれるだけのことはあるな」

ソードナイトが身震《みぶる》いをして言《い》うと、ブレイドナイトもうなずいた。

「想像《そうぞう》を絶《ぜっ》する強《つよ》さだ。あんな相手《あいて》と互角《ごかく》に戦《たたか》えるなんて、メタナイト様《さま》、かっこよすぎるぜ！」

「だけど、心配《しんぱい》だな」

トライデントナイトが、そわそわしながら言《い》った。

「ギャラクティックナイトは、いくらなんでも強《つよ》すぎる。メタナイト様《さま》にもしものことがあったら……」

「フン、知《し》るか。どれほど大《おお》けがをしようと、ヤツ自身《じしん》が望《のぞ》んだことだ」

デデデ大王《だいおう》が、ふきげんな顔《かお》で言《い》った。

「それより、大《おお》きな問題《もんだい》があるぞ」

「なんだ？」

「メタナイトが負《ま》けた場合《ばあい》のことだ」

メタナイツたちは、いっせいに抗議《こうぎ》の声《こえ》を上《あ》げた。

「なんだと！」

「メタナイト様《さま》が負《ま》けるわけないだろう！」

「ギャラクティックナイトは強敵《きょうてき》だけど、メタナイト様《さま》のほうが強《つよ》いに決《き》まってる！」

「いや、待《ま》てよ」

ソードナイトが仲間《なかま》たちを止《と》めて、言《い》った。

「前回《ぜんかい》は相打《あいう》ちということだったな。つまり、二人《ふたり》の実力《じつりょく》はほぼ同《おな》じ。考《かんが》えたくないが、メタナイト様《さま》が負《ま》ける可能性《かのうせい》はゼロではないぞ」

「そうなったら、もうだれもギャラクティックナイトを止《と》められん」

デデデ大王《だいおう》の言葉《ことば》に、一同《いちどう》、顔《かお》を見合《みあ》わせてしまった。

バル艦長《かんちょう》が言《い》った。

「ギャラクティックナイトは、星《ほし》一つくらい、カンタンにこわせるチカラの持《も》ち主《ぬし》だったな……」

「そうだ。それに、あのとおり、戦《たたか》いを好《この》む性格《せいかく》らしい。そのために銀河《ぎんが》じゅうから恐《おそ》れられて、封印《ふういん》されていたのだ」

「万《まん》が一《いち》、メタナイト様《さま》が敗《やぶ》れて、ギャラクティックナイトが好《す》き放題《ほうだい》に暴《あば》れ始《はじ》めたら……」

バル艦長《かんちょう》は、自分《じぶん》の言葉《ことば》におびえたように息《いき》を止《と》め、裏返《うらがえ》った声《こえ》でわめき出《だ》した。

「た、た、たいへんだー！　銀河《ぎんが》がめちゃくちゃに破壊《はかい》されてしまうー！」

「だから、ギャラクティックナイトの封印《ふういん》をとくなんて、バカな真似《まね》をしてはいけなかったんだ！　メタナイトめ！」

デデデ大王《だいおう》は腹立《はらだ》ちまぎれに、こぶしを振《ふ》り回《まわ》した。

ワドルディが、ブルブル震《ふる》えながら言《い》った。

「メタナイト様《さま》は、考《かんが》え深《ぶか》いかたです。封印《ふういん》をとくのが、ものすごくあぶないことだって、わからないはずないのに……どうして、こんなことを……」

「フン、あいつは、頭《あたま》の良《よ》さそうなふりをしてるが、実《じつ》はバカなのだ。暴走《ぼうそう》し始《はじ》めると、まわりが見《み》えなくなるんだわい」

「なんだと！　メタナイト様《さま》を侮辱《ぶじょく》するな！」

メタナイツたちは、また色《いろ》めきたって、デデデ大王《だいおう》に食《く》ってかかった。

しかし、バル艦長《かんちょう》が重《おも》い声《こえ》で言《い》った。

「メタナイト様《さま》は、だれよりも考《かん》え深《ぶか》いおかた。それはまちがいないのだが……強《つよ》くなりたいという思《おも》いが、あまりに強《つよ》すぎることも事実《じじつ》。そのために、危険《きけん》をかえりみずに、このような暴挙《ぼうきょ》におよんでしまったのだ……」

これを聞《き》いて、メタナイツたちはしょげ返《かえ》ってしまった。

「……モーアのことがあったせいだス」

「メタナイト様《さま》のせいではないのにな」

重苦《おもくる》しい沈黙《ちんもく》がおとずれた。

それを破《やぶ》ったのは、デデデ大王《だいおう》だった。

「ぐずぐず言《い》ってても始《はじ》まらん。メタナイトが負《ま》けたときのことを考《かん》えて、手《て》を打《う》とう。とにかく、なんとしてでもギャラクティックナイトを封印《ふういん》し直《なお》さなければ、銀河《ぎんが》は破滅《はめつ》だわい！」

「だけど、メタナイト様《さま》を負《ま》かすほどの戦士《せんし》を、いったいだれが倒《たお》せるって……」

ジャベリンナイトが暗《くら》い声《こえ》で言《い》いかけたが、ふと、言葉《ことば》をとぎれさせた。

みんなも、同時《どうじ》に同《おな》じことを思《おも》いついて、顔《かお》を上《あ》げた。

全員《ぜんいん》の視線《しせん》があたりをさまよい――ワドルディが言《い》った。

「あ、あれれ？　また、いなくなっちゃった」

「よく迷子《まいご》になるヤツだわい。あいつ、まだ外《そと》に残《のこ》ってるのか？」

「いや、ワシといっしょに宮殿《きゅうでん》に駆《か》けこんだはずだが……」

そのとき、メイスナイトが、折《お》れた柱《はしら》のかげにいるカービィを見《み》つけた。

「あそこにいるだスよ。カービィ、そんなところで、何《なに》をしてるだス？」

全員《ぜんいん》、カービィに近《ちか》づいてみた。

カービィは、柱《はしら》のかげに座《すわ》りこんでいた。

一人《ひとり》ではない。となりに、あのむらさき色《いろ》のふしぎないきもの、スフィアローパーがいた。なんとか、エナジースフィアを飲《の》みこむことができたらしく、口《くち》の中《なか》が明《あか》るくかがやいていた。

「なんだ、おまえ、まだいたのか」

デデデ大王《だいおう》が言《い》った。

みな、ギャラクティックナイトの衝撃《しょうげき》が強《つよ》すぎて、スフィアローパーのことをすっかり忘《わす》れていた。

カービィが言《い》った。

「外《そと》にいたら、あぶないからね。スフィアローパーも、巻《ま》き添《ぞ》えにならないように、逃《に》げてきたみたい」

「フン、気楽《きらく》そうな顔《かお》をしおって。ギャラクティックナイトの封印《ふういん》がとけてしまったのは、キサマのせいだわい！」

デデデ大王《だいおう》がどなりつけたが、スフィアローパーは知《し》らん顔《かお》でふわふわしている。

バル艦長《かんちょう》が言《い》った。

「そいつは、エナジースフィアにつられて、こちらの世界《せかい》に来《き》ただけだ。責《せ》めるわけにはいかんだろう」

「そうだよ。それに、ぼくが前《まえ》に会《あ》ったスフィアローパーは、すぐに攻撃《こうげき》をしかけてきたりして乱暴《らんぼう》だったけど、この子《こ》はちがうみたい。まだ小《ちい》さいし、こっちの世界《せかい》のことがわかってないから、ビクビクしてるだけだよ」

「……待《ま》てよ」

デデデ大王《だいおう》は、考《かんが》えこんだ。

「こいつがこじ開《あ》けた異空間《いくうかん》ロードは、もう、ふさがってしまった。ギャラクティックナイトをあちらの世界《せかい》に送《おく》り返《かえ》すためには、もう一度《いちど》、こいつのチカラで穴《あな》を開《あ》けてもらわなきゃならんということか？」

「うむ、そのとおり」

バル艦長《かんちょう》がうなずいた。

「ギャラクティックナイトを封印《ふういん》するためには、二つの手順《てじゅん》がいる。まず、彼《かれ》を倒《たお》して、クリスタルに封《ふう》じこめること。そして、そのクリスタルを異空間《いくうかん》に送《おく》り返《かえ》すことだ。異空間《いくうかん》ロードを開《ひら》くには、スフィアローパーのチカラが必要《ひつよう》となる」

「よし。わかったか、スフィアローパーとやら。キサマのチカラで、異空間《いくうかん》ロードを開《ひら》き、ギャラクティックナイトを連《つ》れて帰《かえ》れ」

スフィアローパーは、ふわふわしている。

「わかったのか？　キサマの役割《やくわり》は、だいじなんだぞ」

反応《はんのう》はない。

デデデ大王《だいおう》は、かんしゃくを起《お》こした。

「聞《き》いてるのか！　キサマ、何《なに》をすればいいか、わかってるだろうな！」

「ムリだよ、デデデ大王《だいおう》」

カービィが言《い》った。

「ぼく、さっきから話《はな》しかけてるけど、なかなか通《つう》じないんだ。スフィアローパーは異空《いくう》間《かん》のいきものだから、ぼくらの言葉《ことば》はわからないんだよ」

「なんだとぉ……この、だいじな時《とき》に！」

「でも、だいじょーぶ！」

カービィは元気《げんき》な声《こえ》で言《い》って、くるんと一回転《かいてん》した。

「言葉《ことば》はなかなか通《つう》じないけど、気《き》もちはわかるから。このスフィアローパーはまだ小《ちい》さくて、チカラも弱《よわ》いみたい。エナジースフィアにつられて、こっちの世界《せかい》に来《き》ちゃったけど、帰《かえ》り方《かた》がわからなくて困《こま》ってるみたいなんだ」

「な……」

バル艦長《かんちょう》が青《あお》ざめた。

「なんと言《い》った！　帰《かえ》り方《かた》がわからない？　つまり、異空間《いくうかん》ロードを開《ひら》くことができないというのか!?」

「うん。こっちへ来《く》るときは、夢中《むちゅう》だったんだろうね。だけど、帰《かえ》り方《かた》はわからなくなっちゃったみたい」

「それでは、クリスタルを異空間《いくうかん》に送《おく》り返《かえ》すことができないじゃないか！」

バル艦長《かんちょう》が、顔《かお》をひきつらせた。

「まずい。まずいぞ……封印《ふういん》のクリスタルは、こちらの世界《せかい》では長《なが》くもたん。たとえギャラクティックナイトを倒《たお》し、封印《ふういん》に成功《せいこう》しても、異空間《いくうかん》に送《おく》り返《かえ》せなければ意味《いみ》がないのだ！」

全員《ぜんいん》が、かたずをのんで、スフィアローパーを見《み》つめた。

スフィアローパーは、言《い》われた意味《いみ》がわかっているのかどうか、ただ、ふわふわしているだけだ。

カービィが、ちょっと考《かんが》えて、言《い》った。

「んーと……よくわかんないけど、とにかくスフィアローパーが帰《かえ》れる方法《ほうほう》を見《み》つけなきゃいけないってことだよね」

「そうだ！　異空間《いくうかん》ロードを開《ひら》くことができなければ、銀河《ぎんが》の破滅《はめつ》だ！」

「よーし、わかった！」

カービィは両手《りょうて》を広《ひろ》げて、大《おお》きくうなずいた。

ワドルディが、目《め》をかがやかせて言《い》った。

「方法《ほうほう》がわかったの？　さすがカービィ！」

「で、どうすればいいのだ？」

一同《いちどう》、カービィに詰《つ》めよった。カービィは、ほがらかに言《い》った。

「うん、方法《ほうほう》はわかんないけど、とにかく、みんなでがんばる！」

「…………」

全員《ぜんいん》の顔《かお》が暗《くら》くなった。デデデ大王《だいおう》だけは、怒《いか》りを爆発《ばくはつ》させて、どなった。

「がんばる、じゃないわい！　オレ様《さま》たちがいくらがんばっても、異空間《いくうかん》ロードは開《ひら》けんわい！」

「それは、そうだけど……スフィアローパーのお手伝《てつだ》いをすることはできるんじゃないかな！」

「何《なに》を、どう、お手伝《てつだ》いするというんだー！」

カービィをしめ上《あ》げようとするデデ大王《だいおう》を、バル艦長《かんちょう》が止《と》めた。

「待《ま》て待《ま》て。異空間《いくうかん》ロードもだいじだが、その前《まえ》にまず、なんとしてもギャラクティックナイトを倒《たお》して、クリスタルに封《ふう》じ直《なお》さねばならん。もちろん、メタナイト様《さま》が勝利《しょうり》すれば問題《もんだい》はないのだが……」

バル艦長《かんちょう》は、せきばらいをした。

「ワシはメタナイト様《さま》の勝利《しょうり》を信《しん》じているが、しかし、ギャラクティックナイトはあのとおりの超強敵《ちょうきょうてき》。万《まん》が一《いち》、メタナイト様《さま》が敗《やぶ》れた場合《ばあい》のために、次《つぎ》の手《て》を考《かんが》えておく必要《ひつよう》がある！」

「カービィなら……」

ワドルディが言《い》った。

「カービィなら、きっと勝《か》てます。ね、カービィ」

「え？　ぼく？」

カービィは、おどろいて目《め》を見開《みひら》いた。

デデデ大王《だいおう》が言《い》った。

「おまえをたよりにするのは気《き》が進《すす》まんが、銀河《ぎんが》の大《だい》ピンチだ。やむをえん」

「ぼくが、ギャラクティックナイトと戦《たたか》うの〜!?」

カービィは、大声《おおごえ》を上《あ》げた。

「やだよー！　戦《たたか》いたくないよ！」

逃《に》げ腰《ごし》のカービィに、みんながすがりついた。

「たのむ、カービィ」

「おまえが銀河《ぎんが》の希望《きぼう》なのだ！」

「カービィ！　いやカービィさん！　カービィ様《さま》！　カービィ陛下大先生《へいかだいせんせい》！」

「呼《よ》び方《かた》なんて、どうでもいいだス～！」

みんなから期待《きたい》をこめた目《め》で見《み》られて、カービィは困《こま》ってしまった。

「ぼく、戦《たたか》いたくないよ……」

小声《こごえ》で言《い》ったカービィに、ソードナイトが詰《つ》めよった。

「恐《おそ》れる気《き》もちは、もちろんわかる。あれほどの強敵《きょうてき》だからな。だが、ギャラクティックナイトに立《た》ち向《む》かえるほどの戦士《せんし》は、おまえしかいないんだ」

ブレイドナイトも言《い》いそえた。

「もちろん、オレたちも全力《ぜんりょく》でサポートするぞ。たのむ、カービィ！」

「ぼく……」

カービィは、口《くち》ごもってしまった。

戦《たたか》いたくない理由《りゆう》は、相手《あいて》が強《つよ》すぎるから――では、なかった。

戦《たたか》う理由《りゆう》が、見《み》つからないからだ。

ギャラクティックナイトを好《す》き放題《ほうだい》に暴《あば》れさせてはあぶない、ということはわかる。でも、そもそも、ギャラクティックナイトが封印《ふういん》をとかれたのは、メタナイトが望《のぞ》んだから。もっともっと強《つよ》くなりたいと、望《のぞ》んだからだ。

カービィには、わからなかった。

強《つよ》く、強《つよ》く、もっともっと強《つよ》く――そんな望《のぞ》みは、きりがない。メタナイトは、どれほど強《つよ》くなれば満足《まんぞく》なのだろう？

メタナイトの思《おも》いは、部下《ぶか》を守《まも》りたいという純粋《じゅんすい》な気《き》もちから生《う》まれたものだったはず。けれど、その思《おも》いが強《つよ》すぎて、他《ほか》のことが考《かんが》えられなくなっているのかもしれない。

バル艦長《かんちょう》たちの、心《こころ》のこもった言葉《ことば》にも耳《みみ》を貸《か》さずに、ただひたすら強《つよ》くなるために戦《たたか》いを望《のぞ》むなんて。

――カービィには、わからなかった。

そんなことのために、封印《ふういん》をとかれたギャラクティックナイトが、かわいそうだ。戦《たたか》うためだけに封印《ふういん》をとかれ、敗《やぶ》れればふたたびクリスタルの中《なか》に閉《と》じこめられる。そんな相《あい》手《て》と戦《たたか》うのは、いやだった。

けれど、みんなはカービィの気《き》もちをわかってはくれなかった。

「おまえなら戦《たたか》えるぞ、カービィ」

「コピーのもとだって、たくさんある！」

「何《なに》を使《つか》う？　ファイアか？　アイスか？　ファイターか？　おまえがいちばん得意《とくい》なコピー能力《のうりょく》を選《えら》ぶんだ！」

みんなに詰《つ》めよられて、カービィはうなだれた。

「ぼく……戦《たたか》いたく……」

カービィが、弱々《よわよわ》しく言《い》いはろうとしたときだった。

突然《とつぜん》、大《おお》きな衝撃《しょうげき》がおそい、床《ゆか》が揺《ゆ》れた。

もともと崩《くず》れていた宮殿《きゅうでん》は、耐《た》えきれなかった。かろうじて残《のこ》っていた柱《はしら》がピシピシと音《おと》を立《た》てて折《お》れた。

「な、なんだ!?」

「二人《ふたり》の戦《たたか》いが、ついに……!」

みんな、あわを食《く》って避難《ひなん》した。バル艦長《かんちょう》らハルバードの一行《いっこう》は、壁《かべ》ぎわのくぼみへ。デデデ大王《だいおう》とワドルディは、ガレキの後《うし》ろへ。そして、カービィとスフィアローパーは、折《お》れた柱《はしら》のかげへ。

全員《ぜんいん》が避難場所《ひなんばしょ》へ逃《に》げこむと同時《どうじ》に、壁《かべ》に大穴《おおあな》があき、メタナイトが転《ころ》がりこんできた。

ギャラクティックナイトの連続攻撃《れんぞくこうげき》を、まともに食《く》らったのだ。

すぐ後《あと》から、ギャラクティックナイトが追《お》ってきた。これほどの激《はげ》しい戦《たたか》いをしていながら、息《いき》ひとつ乱《みだ》れていない。

ギャラクティックナイトは巨大《きょだい》なランスを構《かま》え直《なお》すと、倒《たお》れているメタナイトに向《む》かって突進《とっしん》した。

「メタナイト様《さま》――――!」

バル艦長《かんちょう》も、メタナイツたちも、声《こえ》をそろえて絶叫《ぜっきょう》した。

あわや、串刺《くしざ》しにされるかと見《み》えた瞬間《しゅんかん》、メタナイトははね起《お》きた。

宝剣《ほうけん》ギャラクシアが金色《きんいろ》の光《ひかり》をはなつ。

片足《かたあし》を踏《ふ》み出《だ》して、ギャラクシアを大《おお》きく振《ふ》り回《まわ》す。

ギャラクシアはランスの攻撃《こうげき》をはね返《かえ》し、ギャラクティックナイトを直撃《ちょくげき》した。

すさまじい威力《いりょく》だ。ギャラクティックナイトはかろうじて踏《ふ》みこたえたものの、足《あし》をよろめかせた。

ふらふらと後《あと》じさり、どっとあおむけに倒《たお》れた。かつては玉座《ぎょくざ》があった壇《だん》の向《む》こう側《がわ》へ、転《ころ》がり落《お》ちていく。

「やった！」

バル艦長《かんちょう》たちは歓声《かんせい》を上《あ》げ、隠《かく》れていた場所《ばしょ》から飛《と》び出《だ》した。

「さすがですぞ、メタナイト様《さま》！」

「まさか、ギャラクティックナイトに勝《か》つなんて！」

「やっぱりメタナイト様《さま》こそ、銀河一《ぎんがいち》の剣士《けんし》です！」

部下《ぶか》たちのよろこびの声《こえ》を聞《き》いても、メタナイトは反応《はんのう》しなかった。

メタナイトに駆《か》けよろうとしていた部下《ぶか》たちは、思《おも》わず足《あし》を止《と》めた。

メタナイトの全身《ぜんしん》から、まだ闘志《とうし》と殺気《さっき》があふれ出《だ》していた。うかつに近《ちか》づけば、斬《き》られかねないくらいに。

「まだだ。まだ、終《お》わっていない」

メタナイトはつぶやくと、壇上《だんじょう》に飛《と》び上《あ》がった。

ギャラクティックナイトが転《ころ》げ落《お》ちた場所《ばしょ》をのぞきこむ。

「……いない!?」

メタナイトは、殺気《さっき》だった目《め》で、あたりを見回《みまわ》した。

柱《はしら》のかげから出《で》てきたカービィが、声《こえ》をかけた。

「メタナイト……だいじょーぶ？　けがは、してない？」

「カービィ……」

メタナイトは、何《なに》か思《おも》いついたように、壇《だん》から飛《と》び下《お》りてカービィの前《まえ》に立《た》った。

「そうか。君《きみ》のしわざか」

「え？」

「君《きみ》は、私《わたし》が戦《たたか》うことに反対《はんたい》していたな。それで、ギャラクティックナイトを隠《かく》したのか？」

「え？　え？　ぼく、なんにも……」

「ふざけた真似《まね》をするな。ギャラクティックナイトはどこだ！」

メタナイトは、今《いま》にもカービィに斬《き》りかかりそうなほど、怒《おこ》っていた。

「知《し》らないよ〜！」

カービィは手《て》をバタバタさせて訴《うった》えた。

デデデ大王《だいおう》が言《い》った。

「カービィは関係《かんけい》ないわい。ギャラクティックナイトがあの壇《だん》の向《む》こう側《がわ》へ落《お》ちるのを、確《たし》かに見《み》たぞ」

「だが、姿《すがた》が消《き》えているのだ」

「逃《に》げたんじゃないか？」

デデデ大王《だいおう》の言葉《ことば》に、バル艦長《かんちょう》もうなずいた。

「メタナイト様《さま》のあまりの強《つよ》さにおどろいて、逃《に》げたんでしょうな。あの銀河最強《ぎんがさいきょう》の戦士《せんし》をおびえさせるとは、さすがですぞ！」

「そんなはずがない！」

メタナイトは、いらだったように剣《けん》を振《ふ》った。

「まだ勝負《しょうぶ》はついていないのだ。ヤツが逃《に》げたりするはずがない！」

「でも……」

カービィが言《い》った。

「いなくなっちゃったんだから、しょうがないよ。メタナイト、おやつを食《た》べて、休《やす》んだほうがいいよ」

「……カービィ」

メタナイトは、カービィに向《む》き直《なお》った。

「では、君《きみ》が相手《あいて》になれ」

「え？」

「こんな幕切《まくぎ》れでは、私《わたし》の気《き》がおさまらない。私《わたし》は、強《つよ》い相手《あいて》と戦《たたか》いたいのだ」

「ぼくと戦《たたか》うっていうの!?」

カービィは飛《と》び上《あ》がった。

「いやだよ。ぼく、相手《あいて》になんかならないよ！」

「私《わたし》の部下《ぶか》をコピーしたまえ。ソードナイトかブレイドナイトを」

「いやだってば！　そんなことするより、ハルバードに戻《もど》って、みんなでおやつを食《た》べようよ！」

しかし、メタナイトはカービィの言葉《ことば》に耳《みみ》を貸《か》そうとしなかった。

宝剣《ほうけん》ギャラクシアを構《かま》えると、問答無用《もんどうむよう》でカービィに斬《き》りかかってゆく。

「きゃあああ！」

カービィは悲鳴《ひめい》を上《あ》げて逃《に》げ出《だ》した。

「待《ま》て、カービィ！　私《わたし》と戦《たたか》え！」

「いやだったら、いやだ！」

逃《に》げるカービィと、追《お》いかけるメタナイト。

宮殿内《きゅうでんない》を駆《か》け回《まわ》っている二人《ふたり》を見《み》ながら、デデデ大王《だいおう》が言《い》った。

「どうかしているぞ、メタナイトのヤツ。あんなにケンカ好《ず》きとは思《おも》わなかったわい」

「メタナイト様《さま》が望《のぞ》んでおられるのはケンカではない。修行《しゅぎょう》だ」

バル艦長《かんちょう》が言《い》い返《かえ》したが、大王《だいおう》は首《くび》を振《ふ》った。

「ああなってしまっては、修行《しゅぎょう》もケンカも変《か》わらんわい。カービィがいやがっているのに、一方的《いっぽうてき》に攻撃《こうげき》をしかけるなんて、ケンカよりたちが悪《わる》いぞ」

「むむむ……」

バル艦長《かんちょう》は腕組《うでぐ》みをして、うなってしまった。

ソードナイトが言《い》った。

「メタナイト様《さま》は、剣《けん》にかける思《おも》いがだれよりも強《つよ》いんだ。もう十分《じゅうぶん》お強《つよ》いのに、もっと

もっと強《つよ》くなりたいというお気《き》もちは、ごりっぱなんだが……」

「頭《あたま》に血《ち》が上《のぼ》りすぎだ。オレ様《さま》が、熱《あつ》くなった頭《あたま》を冷《ひ》やしてやらねばならんようだな！」

デデデ大王《だいおう》は愛用《あいよう》のハンマーを手《て》にすると、走《はし》り回《まわ》っている二人《ふたり》に向《む》かっていった。

トライデントナイトが言《い》った。

「デデデ大王《だいおう》まで参戦《さんせん》だって！　どうなってるんだ、いったい」

ワドルディも、三人《にん》を目《め》で追《お》いながら、心配《しんぱい》そうにつぶやいた。

「だれも、けがをしないといいけど……」

5 カービィ対《たい》メタナイト!?

メタナイトは黒《くろ》いつばさを広《ひろ》げて、カービィに襲《おそ》いかかった。

「私《わたし》と戦《たたか》え、カービィ！」

「やだ！　やだ！」

「すっぴんの君《きみ》に攻撃《こうげき》を加《くわ》えることはできない。コピー能力《のうりょく》を使《つか》いたまえ！」

「やだって言《い》ってるのに〜！」

カービィは頭《あたま》をかかえて逃《に》げ回《まわ》った。

メタナイトと戦《たたか》ったことが、ないわけではない。これまでに、ちょっとした誤解《ごかい》があったり、立場《たちば》が対立《たいりつ》してしまったりして、戦《たたか》ったことは何度《なんど》かある。

でも、それは、カービィにもメタナイトにも戦《たたか》う理由《りゆう》があったから。

おたがいに、どうしてもゆずれない理由《りゆう》があり、ぶつかり合《あ》うことを避《さ》けられなかったからだ。

今《いま》は、ちがう。メタナイトの「強《つよ》くなりたい」という願《ねが》いのために戦《たたか》うなんて、カービィはまっぴらだった。

「待《ま》て、メタナイト！」

突然《とつぜん》、宮殿《きゅうでん》の床《ゆか》が、波打《なみう》つほど揺《ゆ》れた。

デデデ大王《だいおう》が、ハンマーを打《う》ち下《お》ろしたのだ。

カービィを追《お》っていたメタナイトは、サッとマントをひるがえして、デデデ大王《だいおう》を見《み》た。

「キサマの修行《しゅぎょう》はもう終《お》わりだ。いい加減《かげん》、頭《あたま》を冷《ひ》やせ」

「――私《わたし》の望《のぞ》みは、強《つよ》い相手《あいて》と戦《たたか》うこと」

メタナイトは、宝剣《ほうけん》ギャラクシアを構《かま》えた。

「デデデ大王《だいおう》、君《きみ》が相手《あいて》になってくれるのだな！」

「フン！　オレ様《さま》はギャラクティックナイトのように、途中《とちゅう》で逃《に》げ出《だ》したりせん。手《て》かげんもせんから、覚悟《かくご》しろ！」

「望《のぞ》むところ！」

メタナイトはギャラクシアを振《ふ》り上《あ》げ、デデデ大王《だいおう》に斬《き》りかかった。

大王《だいおう》はハンマーを振《ふ》り回《まわ》して、迎《むか》え撃《う》った。

ギャラクシアとハンマーとがぶつかり合《あ》って、はげしい火花《ひばな》を散《ち》らした。

二人《ふたり》は同時《どうじ》に飛《と》び下《さ》がり、にらみ合《あ》った。

「さすがだな、デデデ大王《だいおう》。みごとなパワーだ」

「まだまだ、ほんの肩《かた》ならしだわい！」

「だが、パワーだけでは私《わたし》には通用《つうよう》しない！」

メタナイトは、すばやくギャラクシアを振《ふ》った。

剣《けん》の先端《せんたん》から、青白《あおじろ》いビームがほとばしった。

「わわわっ！」

デデデ大王《だいおう》は、のけぞってビームをかわした。

「飛《と》び道具《どうぐ》とは、卑怯《ひきょう》だぞ！」

「卑怯《ひきょう》ではない。あらゆる攻撃《こうげき》を使《つか》いこなしてこそ、真《しん》の剣士《けんし》！」

メタナイトは、立《た》て続《つづ》けにビームをはなった。

デデデ大王《だいおう》は、あたふたとかわす。

それたビームがはね返《かえ》り、天井《てんじょう》の残《ざん》がいに当《あ》たった。ビームは固《かた》い石材《せきざい》を砕《くだ》き、ひびを入《い》れた。

二人《ふたり》の戦《たたか》いを見守《みまも》っていたカービィは、ハッとした。

天井《てんじょう》が崩《くず》れ、大《おお》きなガレキが落《お》ちてくる。その真下《ました》に、ワドルディがいた。

ワドルディは、だれかがけがをするのではないかと心配《しんぱい》でウロウロするうちに、いつのまにかバル艦長《かんちょう》たちとはなれていたのだ。

ワドルディはとっさに逃《に》げられない。落《お》ち

てくるガレキを見上《みあ》げて、からだをすくませた。

あんな大《おお》きな石《いし》に当《あ》たったら、大《おお》けがをしてしまう！

「ワドルディ……！」

カービィは、ワドルディを助《たす》けようと猛《もう》ダッシュした。

けれど、カービィよりデデ大王《だいおう》のほうが速《はや》かった。

大王《だいおう》はハンマーを放《ほう》り出《だ》し、ワドルディをかかえ上《あ》げて、飛《と》びのいた。

ワドルディは声《こえ》を上《あ》げることもできず、カチンカチンに固《かた》まっていた。

デデデ大王《だいおう》は、すさまじい形相《ぎょうそう》でワドルディをどなりつけた。

「キサマ、ウロチョロするな！　勝負《しょうぶ》のジャマだわい！」

「ご、ごめんなさい、大王様《だいおうさま》……」

「フン！」

大王《だいおう》は大《おお》きく息《いき》をついて、ワドルディを乱暴《らんぼう》に放《ほう》り捨《す》てた。床《ゆか》をころころと転《ころ》がったワドルディに、カービィが駆《か》けよった。

「ワドルディ、だいじょーぶ!?」

「うん、平気《へいき》だよ。大王様《だいおうさま》が助《たす》けてくれたから」

「よかった！」

カービィはほっとした。

デデデ大王《だいおう》は、ハンマーをひろい上《あ》げて、メタナイトをにらみつけた。

「見《み》さかいもなく、オレ様《さま》の部下《ぶか》にまで攻撃《こうげき》を加《くわ》えるとは！　やりすぎだぞ、メタナイト！」

「だれも巻《ま》きぞえにする気《き》はない。けがをしたくない者《もの》は、下《さ》がっていてくれ」

「キサマ……！」

デデデ大王《だいおう》は、頭《あたま》からゆげが出《で》そうなくらい、カンカンに怒《おこ》っていた。

ハンマーを振《ふ》り回《まわ》し、メタナイトに飛《と》びかかる。

メタナイトはサッとかわして、宝剣《ほうけん》ギャラクシアで応《おう》じる。

ふたたび、はげしい攻防《こうぼう》になった。

カービィは、ワドルディをかばって壁《かべ》ぎわに避難《ひなん》しながら、考《かんが》えていた。

デデデ大王《だいおう》の言《い》うとおり、メタナイトは頭《あたま》に血《ち》が上《のぼ》りすぎている。

さっきから感《かん》じていた、メタナイトに対《たい》する不満《ふまん》が、カービィのこころの中《なか》で大《おお》きくふくれ上《あ》がった。

強《つよ》くなりたいという願《ねが》いは、もちろん、悪《わる》いことではない。

でも、そのために周囲《しゅうい》をかえりみず、破壊《はかい》のかぎりを尽《つ》くすなんて。

武器《ぶき》もチカラもないワドルディを傷《きず》つけそうになったのに、平然《へいぜん》としてるなんて……！

カービィの怒《いか》りに火《ひ》がついた。

「メタナイトは、おかしいよ。止《と》めなきゃ……！」

カービィは、覚悟《かくご》を決《き》めてつぶやいた。

ワドルディが、心配《しんぱい》そうに言《い》った。

「え？　カービィ、まさか……」

「ぼく、戦《たたか》うよ！」

カービィは壁《かべ》をけり、ブレイドナイトのもとへ駆《か》け出《だ》していった。こっとう屋《や》で買《か》った「コピーのもと詰《つ》め合《あ》わせ」は、彼《かれ》がだいじにかかえている。

「ブレイドナイト！　コピーのもとをちょうだい！」

「え？　え……あ……ああ……」

ブレイドナイトは、カービィのいきおいに圧倒《あっとう》されて、袋《ふくろ》の口《くち》を開《ひら》いた。

カービィは袋《ふくろ》に手《て》を突《つ》っこんで、最初《さいしょ》につかんだ玉《たま》を取《と》り出《だ》した。

「ウィング！」

玉《たま》に触《ふ》れたとたん、カービィの姿《すがた》が変化《へんか》した。

頭《あたま》に、黄色《きいろ》と緑色《みどりいろ》の美《うつく》しい羽根飾《はねかざ》りが装着《そうちゃく》される。その飾《かざ》りよりもひときわ大《おお》きな風切《かざき》り羽《ばね》が、左右《さゆう》に伸《の》びる。

空《そら》を自由《じゆう》に飛《と》ぶことができるコピー能力《のうりょく》、「ウィング」の発動《はつどう》だ。

「行《い》くよ、メタナイト！」

カービィは叫《さけ》び、頭《あたま》を低《ひく》く下《さ》げて、低空《ていくう》をすべるように飛《と》んだ。

メタナイトは、デデデ大王《だいおう》のハンマー攻撃《こうげき》をはね返《かえ》したところだった。

突《つ》っこんできたカービィを見《み》て、メタナイトは大声《おおごえ》を上《あ》げた。

「やっと、その気《き》になったようだな、カービィ！」

「メタナイトが、わからずやだからだよ！」

カービィは叫《さけ》びながらメタナイトに向《む》かって突《つ》っこんでいった。

絶大《ぜつだい》な威力《いりょく》をほこる「**コンドルずつき**」！

さすがのメタナイトも、これは受《う》けきれない。正面《しょうめん》からまともに食《く》らって、ふっ飛《と》ばされた。

だが、彼《かれ》はすばやく飛《と》び起《お》きて、宝剣《ほうけん》ギャラクシアを構《かま》え直《なお》した。

「やるな、カービィ！」

「頭《あたま》を冷《ひ》やしてよ！　今《いま》のメタナイトは、なんだかヘンだよ！」

「なんと思《おも》われようと、かまわない。私《わたし》はもっともっと強《つよ》くなりたいのだ！」

メタナイトは、高《たか》く飛《と》び上《あ》がってカービィに斬《き》りつけようとした。

カービィははばたいて向《む》きを変《か》え、メタナイトの死角《しかく》に回《まわ》りこむ。

メタナイトは一瞬《いっしゅん》、カービィの姿《すがた》を見失《みうしな》って、たじろいだ。

カービィはすばやく、風切り羽《かざきりばね》をはためかせた。

無数《むすう》の羽根《はね》が、メタナイトに向《む》かって矢《や》のように飛《と》んでいく。メタナイトはそれを宝剣《ほうけん》
ギャラクシアですべて叩《たた》き落《お》とした。

戦《たたか》いを見守《みまも》るバル艦長《かんちょう》たちは、手《て》に汗《あせ》を握《にぎ》っていた。

「すごい……！」

「カービィもメタナイト様《さま》も、どっちも強《つよ》いぞ！」

「大丈夫《だいじょうぶ》だろうか？　どちらかが、大《おお》けがをすることになるんじゃ……」

と、そのとき。

彼《かれ》らの背後《はいご》に、殺気《さっき》を帯《お》びた気配《けはい》が生《しょう》じた。

ぞっとするような、冷《つめ》たい気配《けはい》だった。バル艦長《かんちょう》、メタナイツ、そしてソードナイトと

ブレイドナイトは、同時《どうじ》に振《ふ》り返《かえ》った。

まばゆいほど白《しろ》くかがやく、美《うつく》しい戦士《せんし》が立《た》っていた。

白《しろ》い仮面《かめん》と、大《おお》きなつばさ。右手《みぎて》に巨大《きょだい》なランス、左手《ひだりて》に十字《じゅうじ》の紋章《もんしょう》の盾《たて》。

逃《に》げたと思《おも》われていた、ギャラクティックナイトだ。

その圧倒的《あっとうてき》な姿《すがた》を見《み》て、メタナイツたちは腰《こし》を抜《ぬ》かしそうになった。

「ぎゃ、ぎゃ、ぎゃ……！」

「ギャラクティックナイト!?」

「逃《に》げたのではなかったのか!?」

ギャラクティックナイトは、感情《かんじょう》の宿《やど》らない目《め》で、メタナイトを追《お》っていた。

そして、その後《うし》ろから、思《おも》いもかけない人物《じんぶつ》があらわれた。

ひょろっとした体格《たいかく》に丸顔《まるがお》の、くせっ毛《け》の少年《しょうねん》だ。

その顔《かお》を見《み》て、バル艦長《かんちょう》が叫《さけ》んだ。

「モ……モーア!?　お、おまえ、無事《ぶじ》だったのか……!?」

メタナイツたちも、次々《つぎつぎ》に歓声《かんせい》を上《あ》げた。

「モーア！　モーアじゃないか！」

「なんてこった！　心配《しんぱい》したぞ！」

「生《い》きてただスか〜！　よかっただス〜！」

だが、モーアがメタナイツたちに向《む》けた視線《しせん》は、冷《つめ》たかった。

あざ笑《わら》うように、彼《かれ》は言《い》った。

「モーア、じゃないだろう。モーア様《さま》と呼《よ》ぶんだ」

「……え？」

「ぼくを敬《うやま》え！　さもなくば、銀河最強《ぎんがさいきょう》の戦士《せんし》がおまえたちを一瞬《いっしゅん》で灰《はい》にしてしまうぞ！」

モーアは、高《たか》い声《こえ》で笑《わら》い出《だ》した。

バル艦長《かんちょう》が、あっけにとられて言《い》った。

「何《なに》を言《い》っておるのだ？　行方不明中《ゆくえふめいちゅう》に、何《なに》か悪《わる》いものでも食《た》べたのか」

「口《くち》のききかたに気《き》をつけろ。灰《はい》にされたくなければな！」

モーアはおごり高《たか》ぶった態度《たいど》で、バル艦長《かんちょう》たちを見《み》た。

ソードナイトが、けわしい声《こえ》で言《い》った。

「おまえ……まさか、最初《さいしょ》から……」

「ああ、そうさ。メタナイトの部下《ぶか》になったのも、海賊《かいぞく》をやとって戦艦《せんかん》ハルバードを襲《おそ》わせたのも、戦《たたか》いの最中《さいちゅう》に行方不明《ゆくえふめい》になったのも、すべてモーア様《さま》の天才的《てんさいてき》な計画《けいかく》だったのさ！」

「なんだって……！」

衝撃的《しょうげきてき》な告白《こくはく》を聞《き》いて、メタナイツたちは武器《ぶき》に手《て》をかけた。

「キサマ……なんのために、そんなことを……！」

「あはは！　決《き》まってるじゃないか。この銀河最強《ぎんがさいきょう》の戦士《せんし》、ギャラクティックナイトを手《て》に入《い》れるためさ！」

モーアは、ギャラクティックナイトを指《ゆび》さした。

「メタナイトは、かつて、ギャラクティックナイトの封印《ふういん》をといたことがあるらしい。そんなウワサを耳《みみ》にしたんだ。そこで、ぼくは考《かんが》えた。もう一度《いちど》、メタナイトに封印《ふういん》を破《やぶ》らせるには、どうすればいいかってね」

モーアは、ふてぶてしく笑《わら》った。

「そのためには、メタナイトを追《お》い詰《つ》めればいいのさ。何《なに》か取《と》り返《かえ》しのつかない失敗《しっぱい》をすれば、彼《かれ》はきっと悔《く》やみ、もっと自分《じぶん》をきたえるために、最強《さいきょう》の戦士《せんし》を呼《よ》び出《だ》そうとするはずだ。メタナイトにとって、最大《さいだい》の失敗《しっぱい》って何《なん》だろう？　答《こた》えはカンタンさ。メタナイトは、見《み》かけによらず、部下《ぶか》をたいせつにするって評判《ひょうばん》だ。部下《ぶか》が行方不明《ゆくえふめい》になれば、彼《かれ》はぜったい、後悔《こうかい》に打《う》ちのめされると思《おも》ったのさ」

「キ、キサマ……！」

バル艦長《かんちょう》は、怒《いか》りのために、こぶしをブルブル震《ふる》わせた。

「最初《さいしょ》から、メタナイト様《さま》を利用《りよう》するつもりで、部下《ぶか》になりたいなどと……！」

「そのとおり。ぼくの読《よ》みは、みごとに当《あ》たった。ぼくは行方不明《ゆくえふめい》になったふりをして、ひそかにおまえたちの動《うご》きを追《お》っていた。そして、タイミングをみはからって、この超高性能迷彩《ちょうこうせいのうめいさい》マントを使《つか》って、ギャラクティックナイトの姿《すがた》を隠《かく》した！」

モーアは迷彩《めいさい》マントを得意《とくい》げに見《み》せびらかし、さらに、その下《した》から小《ちい》さなコントローラーのようなものを取《と》り出《だ》した。

「そして、もくろみどおり、ギャラクティックナイトをぼくの家来《けらい》にしてやったのさ。この、なんでもコントローラーによってね！」

「なんでもコントローラー……？」

「ハルカンドラの古代文明《こだいぶんめい》によって作《つく》り出《だ》された、奇跡《きせき》のマシンさ。この世《よ》のあらゆるものをあやつることができるんだ。これさえあれば、ギャラクティックナイトはぼくをご主人様《しゅじんさま》として敬《うやま》い……」

モーアのセリフの途中《とちゅう》で、いきなり、ギャラクティックナイトが飛《と》び上《あ》がった。

白《しろ》いつばさをはためかせ、メタナイトとカービィのほうへ飛《と》んでいく。

モーアはきょとんとしてその姿《すがた》を見送《みおく》り、コントローラーをカチャカチャ操作《そうさ》した。

「あれ？　まだ、戦《たたか》えなんて命令《めいれい》は出《だ》してないのに。おかしいなあ……」

「モーア……」

メタナイツたちが、モーアを囲《かこ》んで、じりじりと迫《せま》った。

みんな、殺気《さっき》だっている。まだ手《て》にしてはいないものの、いつでも武器《ぶき》を抜《ぬ》けるよう姿《し》勢《せい》をととのえていた。

モーアはあせって、なんでもコントローラーをいじり回《まわ》した。

「も、戻《もど》ってこい、ギャラクティックナイト！　ご主人様《しゅじんさま》の命令《めいれい》だぞ……！」

「何《なに》がご主人様《しゅじんさま》だ！」

バル艦長《かんちょう》がつかみかかり、モーアの手《て》からコントローラーを叩《たた》き落《お》とした。

コントローラーは床《ゆか》に落《お》ち、ペコンと音《おと》を立《た》てて割《わ》れてしまった。中《なか》から出《で》てきたのは、安《やす》っぽい歯車《はぐるま》やネジだった。

「ああ！　パパに買《か》ってもらったハルカンドラ製《せい》のなんでもコントローラーが……！」

モーアはひざまずいて、飛《と》び散《ち》った部品《ぶひん》をかき集《あつ》めた。

バル艦長《かんちょう》がどなりつけた。

「そんなもの、ハルカンドラ製《せい》でもなんでもないわ！　見《み》ればわかるだろう、ただのおもちゃではないか！」

「そんなぁ……だまされたぁ……あのウソつき商人《しょうにん》め……」

モーアはうらみがましく言《い》いかけたが、自分《じぶん》を取《と》り囲《かこ》んでいる面々《めんめん》に気《き》づいて、作《つく》り笑《わら》いをした。

「あ、あれ……あの……？　あ、センパイたちじゃないですか。いろいろ、お世話《せわ》になりました。ぼく、これからも、メタナイツ見習《みなら》いとして……」

もちろん、今《いま》さら取《と》りつくろえるわけがない。

メタナイツたちは、怒《いか》りを爆発《ばくはつ》させた。

「何《なに》がセンパイだ――！」

「キサマ、ぜったいに許《ゆる》さん！」

みんなで、モーアを袋《ふくろ》だたきにしようとしたときだった。

激《はげ》しい音《おと》とともに、何《なに》かが転《ころ》がってきた。

メタナイツたちはすばやくよけたが、モーアは下《した》じきになってしまい、「むぎゅうぅう」と苦《くる》しそうな声《こえ》を上《あ》げた。

モーアの上《うえ》に乗《の》っているのは、傷《きず》だらけのデデデ大王《だいおう》だった。

ワドルディが駆《か》けより、大王《だいおう》をゆさぶった。

「だ、大王様《だいおうさま》――！　しっかりしてください！」

「ばかもの、さわるな！　痛《いた》いわい！」

デデデ大王《だいおう》は顔《かお》をしかめ、からだを起《お》こした。

「頭《あたま》に血《ち》が上《のぼ》ったメタナイトに加《くわ》えて、ギャラクティックナイトまで戻《もど》ってくるとは……もう、わけがわからんわい」

デデデ大王《だいおう》は、広間《ひろま》の真《ま》ん中《なか》で繰《く》り広《ひろ》げられている戦《たたか》いに目《め》を向《む》けた。

そこは、三《み》つどもえのバトルフィールド。

メタナイトは、戻《もど》ってきたギャラクティックナイトとふたたび剣《けん》をまじえることができて、ますます闘志《とうし》を燃《も》やしている。黒《くろ》いつばさを広《ひろ》げて自在《じざい》に飛《と》び回《まわ》り、宝剣《ほうけん》ギャラクシアをふるう。

ギャラクティックナイトは、そんなメタナイトの攻撃《こうげき》をすべて盾《たて》ではじき返《かえ》しながら、ランスを構《かま》えてカービィを狙《ねら》っている。

カービィは、二人《ふたり》を圧倒《あっとう》するスピードで宙《ちゅう》を飛《と》び、矢《や》のように羽根《はね》を飛《と》ばす「**フェザーガン**」を繰《く》り出《だ》している。

三人《にん》のチカラがぶつかり合《あ》って、炎《ほのお》が噴《ふ》き上《あ》がりそうなほどの熱気《ねっき》が渦巻《うずま》いていた。

「これは……」

バル艦長《かんちょう》が、呆然《ぼうぜん》として言《い》った。

「もはや、修行《しゅぎょう》ではすまん。三人《にん》とも無事《ぶじ》でいられるとは思《おも》えん……！」

デデデ大王《だいおう》が言《い》った。

「カービィとメタナイトが手《て》を結《むす》べばいいんだわい。二人《ふたり》がかりなら、ギャラクティックナイトを倒《たお》せるぞ」

「いや、メタナイト様《さま》は公平《こうへい》さを重《おも》んじるおかた。二対《たい》一の戦《たたか》いはしないだろう」

「そんなこと言《い》ってる場合《ばあい》か！　わからんヤツだ！　こうなったら、オレ様《さま》とカービィがタッグを組《く》むしかないわい……」

デデデ大王《だいおう》は、また戦《たたか》いに戻《もど》ろうと、ハンマーを握《にぎ》り直《なお》した。

と、そこへ。

ふわふわと、むらさき色《いろ》のいきものが漂《ただよ》ってきた。

「あ、スフィアローパー……」

ワドルディが気《き》づいて、呼《よ》びかけた。

デデデ大王《だいおう》は、むすっとした顔《かお》で言《い》った。

「なんだ。キサマ、まだいたのか」

戦《たたか》いのはげしさに気《き》を取《と》られた一行《いっこう》は、この異空間《いくうかん》のいきもののことを、すっかり忘《わす》れていた。

スフィアローパーは、かん高《だか》い音《おと》を発《はっ》し、つばさをはためかせた。

ワドルディは考《かんが》えこんだ。

「何《なに》か言《い》ってるみたいですけど……異空間《いくうかん》の言葉《ことば》だから、わからないや……」

「オレ様《さま》たちにわかる言葉《ことば》で話《はな》せ！」

デデデ大王《だいおう》が命《めい》じたが、通用《つうよう》するはずがない。

スフィアローパーは二言三言《ふたことみこと》、言《い》い返《かえ》したが、さっぱり通《つう》じていないことがわかったらしく、ふわふわとはなれていった。

「あ、そっちへ行《い》っちゃ……！」

ワドルディが止《と》めようとした。スフィアローパーは、カービィのほうへ漂い出したのだ。

「カービィなら、わかってくれると思《おも》ってるんだ！　でも、そっちはあぶない！」

ワドルディは追《お》いかけようとしたが、デデデ大王《だいおう》が止《と》めた。

「ばかもの、キサマ、また巻《ま》きぞえになりたいのか！」

「でも、スフィアローパーが……」

スフィアローパーは、戦《たたか》いのはげしさがわからないのか、おそれる様子《ようす》もなく近《ちか》づいていく。

もちろん、メタナイトとギャラクティックナイトは、目《め》もくれなかった。

けれど、カービィが気《き》づき、あせって声《こえ》を上《あ》げた。

「こっちへ来《き》ちゃダメ！　あぶないよ！」

その瞬間《しゅんかん》、ギャラクティックナイトがカービィめがけて、衝撃波《しょうげきは》をはなった。

カービィのすばやさなら、楽《らく》によけられる攻撃《こうげき》のはず――でも、カービィはよけなかった。

真後《まうし》ろに、スフィアローパーがいたからだ。

カービィは必死《ひっし》にガードの姿勢《しせい》を取《と》り、自分《じぶん》を盾《たて》にしてスフィアローパーを守《まも》った。

衝撃波《しょうげきは》の直撃《ちょくげき》はすさまじい。ガードはカンペキだったが、カービィはふっ飛《と》ばされ、カラフルな羽根《はね》が舞《ま》い散《ち》った。

と同時《どうじ》に、ウィングのコピー能力《のうりょく》がはずれ、カービィはすっぴんの状態《じょうたい》に戻《もど》ってしまった。

無防備《むぼうび》になったカービィに、ギャラクティックナイトは容赦《ようしゃ》なく攻撃《こうげき》をしかけてきた。

巨大《きょだい》なランスを、力《ちから》まかせに振《ふ》り下《お》ろす。

飛《と》びこんできたメタナイトが、宝剣《ほうけん》ギャラクシアでランスを受《う》け止《と》めた。

そのすきにカービィは立《た》ち上《あ》がり、よろよろしながら、ガレキのかげに逃《に》げこんだ。

「カービィ！」

ワドルディたちが駆《か》けよってきた。

「だ……大丈夫《だいじょうぶ》!?」

声《こえ》をかけられても、カービィは返事《へんじ》もできないほど弱《よわ》りきっている。

ワドルディはもちろんのこと、バル艦長《かんちょう》たちやデデデ大王《だいおう》ですらも、心配《しんぱい》そうにカービィを取《と》り囲《かこ》んだ。カービィが、ここまでこっぴどく傷《きず》つけられるなんて、めったにないことだ。

「たいへんだ。早《はや》く、手当《てあ》てを……!」

ワドルディが、おろおろしながら言《い》った。

デデデ大王《だいおう》は「フン」と鼻《はな》を鳴《な》らし、身《み》にまとったガウンの内側《うちがわ》から、何《なに》やら赤《あか》いものを取《と》り出《だ》した。

「カービィには、薬《くすり》なんかより、こっちのほうが効《き》くだろう。

おやつに取《と》っておいたマキシムトマトだが……しかたない。

やるわい」

デデデ大王《だいおう》は、カービィに向《む》かってマキシムトマトを放《ほう》り投《な》げた。

カービィは弱々《よわよわ》しく口《くち》をあけ、マキシムトマトを受《う》け止《と》めた。

ごくん……と飲《の》みこんだとたん――。

カービィは、はね起《お》きた。

けがをしたのがウソのように、元気《げんき》いっぱい。目《め》をキラキラかがやかせて、空中《くうちゅう》で一回《かい》転《てん》した。

「おいしい～！　マキシムトマト、おかわり、おかわり～！」

「調子《ちょうし》に乗《の》るんじゃないわい！　オレ様《さま》の貴重《きちょう》なマキシムトマトをくれてやったんだぞ」

「ありがとう、デデデ大王《だいおう》！」

マキシムトマトは、むげんのパワーを秘《ひ》めたふしぎなトマト。カービィは、食《た》べ物《もの》なら何《なん》でも好《す》きだが、とりわけマキシムトマトには目《め》がない。

すっかり回復《かいふく》したカービィは、みんなの後《うし》ろでふわふわしているスフィアローパーに気《き》づいた。

「あ、そうだ。何《なに》か、言《い》いたいことがあるんだよね」

スフィアローパーは、かん高《だか》い音《おと》を発《はっ》し、つばさをはためかせた。

カービィは首《くび》をかしげた。

「えーと……どうしたの？　マキシムトマトがほしいの？」

「もう、ないわい！」

「エナジースフィアがもっとほしいのかなあ？　でも、あれも一つきりだし……」

スフィアローパーは、じれったそうにからだを振《ふ》り、宮殿《きゅうでん》の出口《でぐち》のほうへ漂《ただよ》って行《い》った。

「何《なん》だろう？　ついて行《い》ってみよう」

歩《ある》き出《だ》したカービィを、バル艦長《かんちょう》が引《ひ》き止《と》めた。

「待《ま》て、カービィ。スフィアローパーなんぞより、メタナイト様《さま》のほうがたいせつだぞ。アンタが戦《たたか》いに加《くわ》わらないと、ギャラクティックナイトの攻撃《こうげき》がすべてメタナイト様《さま》に集中《しゅうちゅう》してしまう！」

「メタナイトなら、一人《ひとり》でへーきだよ。もともと、一対《たい》一で戦《たたか》いたくて、ギャラクティックナイトを呼《よ》び出《だ》したんだもん」

カービィはトコトコとスフィアローパーを追《お》いかけて行《い》った。

「む……言《い》われてみれば、そのとおりだが……」

腕組《うでぐ》みをしたバル艦長《かんちょう》に、アックスナイトが言《い》った。

「艦長《かんちょう》、ひょっとしたらスフィアローパーは、異空間《いくうかん》ロードを開《ひら》く方法《ほうほう》を思《おも》い出《だ》したのかもしれません」

「……なんだと？」

「スフィアローパーは、手助《てだす》けを求《もと》めているようです。カービィの言《い》うとおり、ギャラクティックナイトとの戦《たたか》いはメタナイト様《さま》にまかせて、オレたちはスフィアローパーを助《たす》けたほうがいいんじゃないでしょうか」

「……なるほど。そうかもしれんな」

バル艦長《かんちょう》は腕組《うでぐ》みをほどいた。

「では、われわれはスフィアローパーの支援《しえん》に向《む》かう。総員《そういん》、ワシに続《つづ》け！」

バル艦長《かんちょう》は、どたどたと駆《か》け出《だ》していった。メタナイツたち、ソードナイトにブレイドナイトも後《あと》に続《つづ》く。

「フン……気《き》は進《すす》まんが、異空間《いくうかん》ロードが開《ひら》かんと、たいへんなことになる。手《て》を貸《か》してやるか」

デデデ大王《だいおう》も、横柄《おうへい》な口調《くちょう》で言《い》って、カービィたちを追《お》った。もちろん、ワドルディもちょこちょことついて行《い》く。

彼《かれ》ら全員《ぜんいん》が宮殿《きゅうでん》の外《そと》に出《で》ていったあと——。

すっかり存在《そんざい》を忘《わす》れられているウソつき少年《しょうねん》、床《ゆか》に倒《たお》れたままだったモーアが、のっそりと起《お》き上《あ》がった。

彼《かれ》は、ギャラクティックナイトとメタナイトのはげしい戦《たたか》いに目《め》をやり、身震《みぶる》いした。

そして、何《なに》か覚悟《かくご》したようにうなずくと、すばやく立《た》ち上《あ》がって出口《でぐち》に向《む》かった。

6 オルゴールの音色《ねいろ》

外《そと》に出《で》たスフィアローパーは、土《つち》の上《うえ》に転《ころ》がっている歯車《はぐるま》をひろい上《あ》げようとした。

でも、スフィアローパーの手《て》はつばさ状《じょう》になっているため、ものをひろうのには向《む》いていない。

苦労《くろう》しているスフィアローパーを見《み》て、カービィはピンときた。

「こわれちゃったオルゴールの部品《ぶひん》を集《あつ》めたいんだね？　まかせて！」

カービィは歯車《はぐるま》をひろい、他《ほか》の部品《ぶひん》もさがし始《はじ》めた。

追《お》いついたバル艦長《かんちょう》がたずねた。

「何《なに》をしておるのだ、カービィ」

「みんな、手伝《てつだ》って。こわれたオルゴールの部品《ぶひん》を集《あつ》めるんだ」

「集《あつ》めて、どうするのだ」

「んーと、わかんない。でも、スフィアローパーが、集《あつ》めたいみたい」

「もしや、それが異空間《いくうかん》ロードを開《ひら》く手《て》がかりになるのか？」

「わかんないけど。とにかく、集《あつ》めてよ！」

カービィのかけ声《ごえ》で、全員《ぜんいん》が部品《ぶひん》さがしを始《はじ》めた。

デデデ大王《だいおう》はおなかがジャマで、かがみこむのに一苦労《ひとくろう》。がんばって手《て》をのばしても、落《お》ちている部品《ぶひん》になかなか届《とど》かないので、ついに、かんしゃくを起《お》こした。

「オレ様《さま》はププランドの偉大《いだい》なる支配者《しはいしゃ》だぞ。なんで、さがしものなんぞをしなくてはならんのだ！」

「おなかが、丸《まる》すぎるんだよ～」

カービィがからかう。デデデ大王《だいおう》は、カービィをどなりつけた。

「うるさいわい！　おまえなんか、おなかどころか、からだぜんぶがまん丸《まる》じゃないか！」

「ぼくは、まん丸《まる》でもかっこいいもん！　くやしかったら、どっちが部品《ぶひん》をたくさん集《あつ》められるか競争《きょうそう》しよう」

「おう、望《のぞ》むところだ！」

カービィとデデデ大王《だいおう》は、争《あらそ》って部品《ぶひん》を集《あつ》めた。デデデ大王《だいおう》は、自分《じぶん》の手《て》が届《とど》かないところはワドルディに命《めい》じてひろわせている。

バル艦長《かんちょう》ら、メタナイトの部下《ぶか》たち一行《いっこう》も真剣《しんけん》な表情《ひょうじょう》。負《ま》けず嫌《ぎら》いのバル艦長《かんちょう》は、カービィとデデデ大王《だいおう》の競争《きょうそう》に刺激《しげき》された。

「カービィたちに負《ま》けてはならんぞ。総員《そういん》、戦艦《せんかん》ハルバードの名誉《めいよ》にかけて、部品《ぶひん》を集《あつ》めるのだ！」

「艦長《かんちょう》、そんなことに名誉《めいよ》をかけなくても……」

「むだ口《ぐち》をたたいてるヒマがあったら、ひろえ～！」

みんな、血《ち》まなこになって部品《ぶひん》をひろった。

そのかいあって、まもなく、部品《ぶひん》の山《やま》が積《つ》み上《あ》がった。

「集《あつ》めたよ！　これ、どうするの？」

カービィが、スフィアローパーに問《と》いかけた。

スフィアローパーは、つばさをはためかせ、かん高《だか》い声《こえ》を上《あ》げた。やはり、意味《いみ》はわからないが、バル艦長《かんちょう》が言《い》った。

「集《あつ》めたからには、組《く》み立《た》てるのだろう。こわれたオルゴールを復元《ふくげん》しろ……と言《い》っているのではないか」

「これを……組《く》み立《た》てる？」

デデデ大王《だいおう》がうなった。

「そんなこと、できるはずがないわい。メタナイトが、こっぱみじんにしたんだからな」

「テキトーに組《く》み合《あ》わせたら、元《もと》にもどらないかなあ」

カービィはいくつかの部品《ぶひん》を手《て》に取《と》ってみたが、もちろん、当《あ》てずっぽうで組《く》み立《た》てられるはずがない。

「オルゴール職人《しょくにん》を呼《よ》んでこんかぎり、ムリだわい」

「うーん……」

みんなで、顔《かお》を見合《みあ》わせたときだった。

「……あの……」

遠慮《えんりょ》がちな声《こえ》がした。

振《ふ》り返《かえ》ると、モーアが立《た》っている。

コントローラーを手《て》にいばり散《ち》らしていたときとは別人《べつじん》のように、おどおどしている。

その姿《すがた》は、おくびょうな部下見習《ぶかみなら》いだったときの彼《かれ》そのままだった。

ソードナイトが、けわしい声《こえ》で言《い》った。

「おまえか。もう、オレたちに用事《ようじ》はないはずだ。とっとと消《き》え失《う》せろ！」

「その……オルゴールだけど……」

モーアは、小《ちい》さな声《こえ》で言《い》った。

「ぼく、組《く》み立《た》てられる……かも……」

これを聞《き》いて、メタナイツたちはムッとした。

「なんだと？」

「また、デタラメか！」

「デタラメじゃありません……」

モーアは、ビクビクしながら言《い》いはった。

「ぼく、機械《きかい》を分解《ぶんかい》したり、修理《しゅうり》したりするのが好《す》きなんです。パパに買《か》ってもらったオルゴールをこわして、また元《もと》どおりに組《く》み立《た》てたこともあります。だから……」

「フン。おまえの言《い》うことなど、信用《しんよう》ならん」

バル艦長《かんちょう》が首《くび》を振《ふ》った。

ブレイドナイトも、うなずいて言《い》った。

「これは、ふつうのオルゴールじゃない。おまえの持《も》ってたおもちゃのコントローラーとちがって、正真正銘《しょうしんしょうめい》、ホンモノのハルカンドラ製《せい》だぞ」

「ハルカンドラ製《せい》のオルゴールを見《み》るのは初《はじ》めてだけど、仕組《しく》みはふつうのオルゴールと同《おな》じだと思《おも》うんです。だから……」

「おまえの出《で》る幕《まく》じゃない。引《ひ》っこんでいろ！」

「ぼく、役《やく》に立《た》ちたくて……」

「おまえの助《たす》けなんぞいらん！」

メタナイトの部下《ぶか》たちの怒《いか》りははげしかった。みんな、こころからモーアのことを心配《しんぱい》していただけに、裏切《うらぎ》られたという思《おも》いが強《つよ》い。

しかも、だまされたのは、自分《じぶん》たちだけではない。モーアは、部下《ぶか》を思《おも》うメタナイトのこころまで利用《りよう》しようとした。それが、何《なに》よりも許《ゆる》せないことだった。

モーアは赤《あか》くなり、泣《な》きそうな顔《かお》で、引《ひ》き下《さ》がろうとした。

それを見《み》て口《くち》を開《ひら》いたのは、デデデ大王《だいおう》だった。

「フン、すぎたことをネチネチと引《ひ》きずるのは、かっこ悪《わる》いわい」

デデデ大王《だいおう》は、バル艦長《かんちょう》たちを軽《けい》べつしたような目《め》で見《み》た。

「なんだと！」

言《い》い返《かえ》そうとしたバル艦長《かんちょう》に、デデデ大王《だいおう》は言《い》い放《はな》った。

「おまえたちは、こいつが本当《ほんとう》に行方不明《ゆくえふめい》になったほうがよかったというのか？」

「……え？」

バル艦長《かんちょう》たちは、ぎょっとした。

「そ、そんなことは言《い》ってないぞ！」

「なら、いいじゃないか。いくら不《ふ》ゆかいでも、部下見習《ぶかみなら》いが行方不明《ゆくえふめい》になるよりは、ずっとマシだと思《おも》えばいいいんだわい」

「む……むむ……？」

バル艦長《かんちょう》たちは、言《い》い返《かえ》せなかった。

たしかに、デデデ大王《だいおう》の言《い》うとおり。モーアが本当《ほんとう》に行方不明《ゆくえふめい》になってしまうよりは、事情《じじょう》はどうあれ、生《い》きて戻《もど》ってくるほうがずっといいに決《き》まっている。

「むむ……なんだか、言《い》いくるめられたような気《き》はするが……」

「デデデ大王《だいおう》、たまにはいいことを言《い》うだス！」

「オレ様《さま》は、いいことしか言《い》わんわい」

デデデ大王《だいおう》は、モーアに向《む》き直《なお》った。

「本当《ほんとう》にオルゴールを組《く》み立《た》てられるのか？」

「わからないけど、やってみます」

モーアは座《すわ》りこんで、積《つ》み上《あ》げられた部品《ぶひん》を手《て》に取《と》った。

「うん、思《おも》ったとおり。仕組《しく》みは、ぼくが持《も》ってるオルゴールと同《おな》じです。これなら、組《く》み立《た》てられると思《おも》います」

モーアは慣《な》れた手《て》つきで、小《ちい》さな部品《ぶひん》を組《く》み上《あ》げていった。

みんなはモーアを囲《かこ》んで見守《みまも》り、おどろきの声《こえ》を上《あ》げた。

「おまえ、器用《きよう》だなあ」

「おくびょうで卑怯《ひきょう》なウソつき少年《しょうねん》と思《おも》ってたが、一つぐらいは取《と》り柄《え》があるんだな」

「ぼく……」

モーアはオルゴールを組《く》み立《た》てながら、ぽつぽつと話《はな》し始《はじ》めた。

「小《ちい》さいころからおくびょうで、引《ひ》っこみ思案《じあん》だったから……機械《きかい》をこわして修理《しゅうり》するぐらいしか、楽《たの》しみがなかったんです」

「フン。さっきの威勢《いせい》の良《よ》さは、見《み》せかけだったたってわけか」

ソードナイトが意地悪《いじわる》く言《い》うと、モーアはしょんぼりした。

「……はい。なんでもコントローラーさえあれば、だれにも負《ま》けないと思《おも》ったから、強気《つよき》でいられただけです」

「おろかものよ」

バル艦長《かんちょう》が叱《しか》りつけた。

アックスナイトが言《い》った。

「なぜ、ギャラクティックナイトを自分《じぶん》のものにしようなんて、とんでもないことを考《かんが》えついたんだ？　星《ほし》一つこわすぐらい朝《あさ》メシ前《まえ》って言《い》われるほどの、危険《きけん》な戦士《せんし》だぞ」

「映画《えいが》を見《み》て、あこがれたから」

モーアは、恥《は》ずかしそうに答《こた》えた。

「映画《えいが》だって？　あの、銀河最強伝説《ぎんがさいきょうでんせつ》とかいうやつか」

「はい。ぼくはあの映画《えいが》が大好《だいす》きで、何十回《なんかい》も見《み》に行《い》きました。映画《えいが》に出《で》てくるギャラクティックナイトは、すごく強《つよ》くて、かっこよくて、ぼくのあこがれなんです。ぼく、映画《えいが》の世界《せかい》にすっかり入《はい》りこんじゃって……ギャラクティックナイトが、ぼくの家来《けらい》になってくれればいいなあ……って願《ねが》うようになって……」

ブレイドナイトが、ため息《いき》をついた。

「おろかな願《ねが》いを抱《いだ》いたものだ」

「だって、ギャラクティックナイトがいつでもぼくを守《まも》ってくれれば、みんながぼくをおそれ、敬《うやま》うでしょう？　いつもぼくをバカにしてたヤツらを見返《みかえ》して、銀河一《ぎんがいち》の英雄《えいゆう》になってやる……そう思《おも》ったんです……けど」

モーアは、ぞっとしたように身震《みぶる》いした。

「ホンモノのギャラクティックナイトは、映画《えいが》とは大《おお》ちがいでした。映画《えいが》のギャラクティックナイトも強《つよ》かったけど、ホンモノは比《くら》べものにならないくらい強《つよ》くて、怖《こわ》くて……」

「当《あ》たり前《まえ》だ」

「ぼく、まちがっていました。ギャラクティックナイトのチカラを借《か》りて強《つよ》くなろうなんて。さっき、カービィちゃんが戦《たたか》う姿《すがた》を見《み》て、ハッとしたんです」

モーアは、背中《せなか》を丸《まる》めて作業《さぎょう》に集中《しゅうちゅう》しながら、言《い》った。

「カービィ……ちゃん……だと？」

デデデ大王《だいおう》が、けげんそうに聞《き》き返《かえ》したが、モーアは続《つづ》けた。

「カービィちゃんはこんなに小《ちい》さくてかわいいのに、あの恐《おそ》ろしいギャラクティックナイトやメタナイト様《さま》を相手《あいて》に、必死《ひっし》で戦《たたか》っていました。それだけじゃなく、自分《じぶん》を盾《たて》にして、スフィアローパーを守《まも》っていました。とても怖《こわ》かっただろうに、カービィちゃんはけっして逃《に》げなかったんです……ちっちゃいのに、なんて、えらいんだろう！」

モーアは、じわっと涙《なみだ》ぐんだ。

「ぼく、感動《かんどう》してしまったんです。ぼくは、カービィちゃんより大《おお》きいし、チカラも強《つよ》い。なのに、他人《たにん》を頼《たよ》ったり、利用《りよう》したりすることばかり考《かんが》えて、自分《じぶん》で戦《たたか》うことを怖《こわ》がっていました。ぼく、自分《じぶん》が恥《は》ずかしくなったんです。こんな小《ちい》さなカービィちゃんだって、あんなに勇《ゆう》かんに戦《たたか》うことができるんだ……ぼくだって、勇気《ゆうき》をもたなくちゃって……」

「…………ふうん？」

カービィは、きょとんとした。

カービィ以外《いがい》の全員《ぜんいん》が、顔《かお》を見合《みあ》わせた。

みんな、ひそひそとささやき合《あ》った。

（おいおい……モーアのヤツ、すごい誤解《ごかい》をしているぞ）

（カービィのことを、ちっちゃくて、かわいくて、弱《よわ》いいきものだと思《おも》ってるんだ……）

（知《し》らないっていうのは、シアワセなことだス）

カービィは、ときには「ピンクの悪魔《あくま》」と呼《よ》ばれることもあり、メタナイトですら一目《いちもく》おくほど強《つよ》いのだが……。

ともかくモーアが反省《はんせい》しているのだから、誤解《ごかい》はそのままにしておこう。

全員《ぜんいん》、目配《めくば》せで、そのように意見《いけん》を一致《いっち》させた。

バル艦長《かんちょう》が言《い》った。

「あー……オッホン。では、おまえはカービィが……カービィちゃんが……ウハハッ……

がんばってるのを見《み》て、こころを入《い》れ替《か》えたというのだな？」

「はい。ぼくも、カービィちゃんに負《ま》けないよう、勇気《ゆうき》をもとうと思《おも》います」

「その気《き》もち、ぜったいに忘《わす》れるんじゃないぞ」

バル艦長《かんちょう》も、メタナイツたちも、まだ複雑《ふくざつ》な気《き》もちではあったが、モーアへの憎《にく》しみは少《すこ》しずつ薄《うす》れていった。

彼《かれ》がしたことは許《ゆる》しがたいが、反省《はんせい》の気《き》もちはホンモノらしい。

それに、モーアがこの計画《けいかく》を思《おも》いついた発端《ほったん》は、映画《えいが》のヒーローへのあこがれという、子《こ》どもっぽいものだった。それがわかって、本気《ほんき》で怒《おこ》る気《き》になれなくなってしまったのだ。

「……できた」

モーアは顔《かお》を上《あ》げた。

「外側《そとがわ》の箱《はこ》は砕《くだ》け散《ち》ってしまったから、直《なお》せないけど。オルゴール本体《ほんたい》は、これで動《うご》くと思《おも》います」

みんな、モーアの手元《てもと》をのぞきこんだ。

ばらばらにこわれていたオルゴールが、みごとに組《く》み直《なお》されている。

「す……すごいな、おまえ！」

「よくやったぞ、モーア」

みんなからほめられると、モーアはようやく、ホッとしたような笑顔《えがお》になった。

「では、さっそく鳴《な》らしてみよう」

バル艦長《かんちょう》がゼンマイを巻《ま》き、みんなで耳《みみ》をすましたが――。

音楽《おんがく》は、流《なが》れてこなかった。

「む？　何《なに》も聞《き》こえんぞ」

みんなが首《くび》をかしげる中《なか》、ワドルディが思《おも》い出《だ》して言《い》った。

「あ、そういえば、こっとう屋《や》の店主《てんしゅ》さんが言《い》っていました。ハルカンドラ製《せい》のオルゴールは、音《おと》が鳴《な》らないって」

「そうだったわい」

デデデ大王《だいおう》がうなずいた。

「たしか、耳《みみ》ではなくこころに流《なが》れこんでくるとか言《い》ってたが。やはり、不良品《ふりょうひん》か」

「いや、そんなはずはあるまい。みんな、こころで聞《き》いてみるんだ」

全員《ぜんいん》、黙《だま》りこんで、こころの中《なか》に音楽《おんがく》があふれてくるのを待《ま》った。

……が。

「……何《なに》か、流《なが》れてきたか？」

「うーん……オレのこころには届《とど》かないようだ」

「ぼくも！」

「何《なに》も響《ひび》いてこないな」

全員《ぜんいん》が、困《こま》り顔《がお》になった。

デデデ大王《だいおう》が怒《おこ》り出《だ》した。

「やっぱり不良品《ふりょうひん》じゃないか。あのこっとう屋《や》め、とっちめてやる！」

ソードナイトが、モーアに言《い》った。

「モーア、おまえの修理《しゅうり》が失敗《しっぱい》したんじゃないか？　本当《ほんとう》にちゃんと直《なお》したのか？」

「そのはずですけど……」

モーアはオルゴールを手《て》にもってじっくりながめ、むずかしい顔《かお》になった。

「部品《ぶひん》はぜんぶ、あるべき場所《ばしょ》におさまってる……なぜ、音《おと》が出《で》ないんだろう？」

そのときだった。

みんなの後《うし》ろでふわふわしていたスフィアローパーが、漂《ただよ》い出《で》てきた。

その姿《すがた》を見《み》て、カービィが言《い》った。

「あ、そうだ。だいじな部品《ぶひん》が欠《か》けてるよ。スフィアローパーが食《た》べちゃった、エナジースフィアだ！」

「うむ、そうか」

バル艦長《かんちょう》が、手《て》をポンとたたいた。

「エナジースフィアがなければ、このオルゴールは完成《かんせい》せんのだな」

「でも、もうエナジースフィアはありませんよ。どうすれば……」

スフィアローパーは、モーアに向《む》けてつばさを伸《の》ばした。

「……え？　何《なに》……？」

モーアはとまどったが、カービィが言《い》った。

「オルゴールを、スフィアローパーにわたしてあげて！」

「う、うん」

モーアがオルゴールを差《さ》し出《だ》すと、スフィアローパーは、二枚《まい》のつばさで抱《かか》えこむようにして受《う》け取《と》った。

そのとたん――スフィアローパーのからだが、かがやき出《だ》した。

彼《かれ》が飲《の》みこんだエナジースフィアが、オルゴールに反応《はんのう》しているのだ。

バル艦長《かんちょう》が叫《さけ》んだ。

「む？　なんだ、これは。エナジースフィアのチカラが、オルゴールに注《そそ》ぎこまれて……？」

「完成《かんせい》した――」

モーアがつぶやくと同時《どうじ》に。

みんなのこころの中《なか》に、それぞれちがうメロディが聞《き》こえてきた。

カービィは、にこにこ笑顔《えがお》になった。カービィのこころに響《ひび》いたのは、とびきり甘《あま》いお菓子《かし》のように、楽《たの》しくて、明《あか》るいメロディだった。

デデデ大王《だいおう》は、元気《げんき》のみなぎる表情《ひょうじょう》になった。彼《かれ》のこころに響《ひび》いたのは、デデデ大王《だいおう》らしい、力強《ちからづよ》くて勇《いさ》ましい曲《きょく》だった。

ワドルディは、うっとりしたように目《め》を閉《と》じた。これまでに聞《き》いたこともないほどあたたかく、やさしい曲《きょく》が、ワドルディのこころにだけ流《なが》れ出《だ》していた。

そして、モーアは、目《め》を見開《みひら》いて立《た》ちつくしていた。

彼《かれ》のこころに響《ひび》いているのは、暗《くら》く悲《かな》しい旋律《せんりつ》だった。彼《かれ》がこれまで負《お》ってきた、自信《じしん》のなさや不安《ふあん》を映《うつ》し出《だ》したような。

でも、その旋律《せんりつ》は次第《しだい》にテンポを速《はや》め、明《あか》るい調子《ちょうし》に変《か》わっていった。モーアは、その音楽《おんがく》にはげまされたような気《き》がして、涙《なみだ》を浮《う》かべた。

みんなが、それぞれの音楽《おんがく》に聞《き》き入《い》っている中《なか》、口《くち》を開《ひら》いたのはバル艦長《かんちょう》だった。

「みな、聞《き》こえたか？」

「はい」

アックスナイトが、まっさきに答《こた》えた。

「とても勇気《ゆうき》づけられるメロディが、こころに鳴《な》り響《ひび》いています。戦艦《せんかん》ハルバードが、暗《あん》黒《こく》の宇宙《うちゅう》をゆうゆうと突《つ》き進《すす》んでいく様子《ようす》が思《おも》い浮《う》かぶような、勇壮《ゆうそう》なメロディです」

「オレもだ」

ジャベリンナイトが声《こえ》を上《あ》げた。

「ふしぎだ。今《いま》、まったく同《おな》じことを言《い》おうとしたんだ！」

「オレも」

「わしもだス」

ソードナイトが言《い》った。

「どうやら、オレたちには同《おな》じ音楽《おんがく》が聞《き》こえているらしいな！」

ブレイドナイトも、うなずいた。

「オレたちの思《おも》いは一つってことさ。みんな、行《い》こう！」

「ウム！　総員《そういん》、ワシに続《つづ》け！」

バル艦長《かんちょう》が先頭《せんとう》を切《き》って、宮殿《きゅうでん》に向《む》かって走《はし》り出《だ》した。メタナイツたちと、ソードナイト、ブレイドナイトも彼《かれ》に続《つづ》いた。

残《のこ》った者《もの》たちは、それぞれの音楽《おんがく》に聞《き》き入《い》っていたが、デデデ大王《だいおう》がわれに返《かえ》った。

「こうしてる場合《ばあい》じゃない。異空間《いくうかん》ロードはどうなったんだ？」

スフィアローパーは、ますますかがやきを強《つよ》め、オルゴールを鳴《な》らし続《つづ》けている。

と、ふいにオルゴールのまわりの空間《くうかん》がゆらぎ始《はじ》めた。

「あ……異空間《いくうかん》ロードが……！」

カービィが叫《さけ》ぶ。

ギャラクティックナイトがあらわれたときと同《おな》じだ。ゆらいだ空間《くうかん》に星形《ほしがた》の穴《あな》があき、その向《む》こう側《がわ》に、果《は》てしなき暗黒《あんこく》がのぞいた。

デデデ大王《だいおう》が、小《こ》おどりしてよろこんだ。

「よし、異空間《いくうかん》ロードが開《ひら》いたぞ！　さっさとギャラクティックナイトを倒《たお》して封印《ふういん》し、あっち側《がわ》へ送《おく》り返《かえ》すんだ！」

けれど、そのとき――暗黒《あんこく》の世界《せかい》から、銀色《ぎんいろ》の影《かげ》が飛《と》び出《だ》してきた。

新《あら》たなスフィアローパーだ。最初《さいしょ》にやってきた、むらさき色《いろ》のスフィアローパーとは、まったくちがう。全身《ぜんしん》が銀色《ぎんいろ》で、大《おお》きさは二倍《ばい》ほどもある。

「おとなのスフィアローパーか。なるほど、オルゴールの音色《ねいろ》を聞《き》きつけて、やってきたな……！」

デデデ大王《だいおう》が叫《さけ》ぶ。

銀色《ぎんいろ》のスフィアローパーは、その声《こえ》に反応《はんのう》したように、いきなりつばさを大《おお》きくはためかせた。

カッと見開《みひら》かれた目《め》は、敵意《てきい》に満《み》ちていた。

むらさき色《いろ》のスフィアローパーはおとなしかったけれど、これが彼《かれ》らの本来《ほんらい》の姿《すがた》。荒々《あらあら》しく、戦《たたか》いを好《この》む性質《せいしつ》なのだ。

「いかん、来《く》るぞ！」

デデデ大王《だいおう》が叫《さけ》ぶと同時《どうじ》に、銀色《ぎんいろ》のスフィアローパーは冷気《れいき》を吹《ふ》き出《だ》した。

間一髪《かんいっぱつ》、デデデ大王《だいおう》は横《よこ》っ飛《と》びに飛《と》びのいて、冷気《れいき》をよけた。

しかし、ワドルディは間《ま》に合《あ》わなかった。

「あっ！」

悲鳴《ひめい》すらも凍《こお》りつくほどの冷気《れいき》を浴《あ》びて、ワドルディは氷《こおり》づけになってしまった。

「ワドルディ！」

デデデ大王《だいおう》とカービィは同時《どうじ》に叫《さけ》んだ。

大王《だいおう》はハンマーを握《にぎ》って、スフィアローパーに向《む》かっていった。

「キサマ、許《ゆる》さん！」

大王《だいおう》はハンマーを振《ふ》り回《まわ》す。スフィアローパーは氷《こおり》のつぶてをまき散《ち》らす。

ハンマーの一撃《いちげき》が決《き》まりそうになったが――スフィアローパーの動《うご》きのほうが速《はや》かった。

氷《こおり》のつぶてが、デデデ大王《だいおう》にまとわりついた。大王《だいおう》は、ハンマーを振《ふ》り上《あ》げた姿勢《しせい》のまま、ワドルディと同《おな》じく氷《こおり》づけにされてしまった。

モーアはこの光景《こうけい》を見《み》て、がくがく震《ふる》えだした。

カービィが叫《さけ》んだ。

「逃《に》げて、モーア！　氷《こおり》づけにされちゃうよ！」

「カ、カービィちゃん……」

モーアは青《あお》ざめた顔《かお》で、首《くび》を振《ふ》った。

「キ、キ、キミが逃《に》げるんだ。ぼ、ぼくは、ここで、た、戦《たたか》うぞ！」

「ムリだってば～！　早《はや》く逃《に》げて！」

「ぼ、ぼ、ぼくにまかせて！　ぼ、ぼくが、時間《じかん》をかせぐから！　そ、そのすきにキミは逃《に》げるんだ～！」

モーアは震《ふる》える声《こえ》でさけび、両手《りょうて》を広《ひろ》げて、スフィアローパーに立《た》ち向《む》かおうとした。

が、もちろんかなうはずがない。

「あぶない、モーア！」

カービィが叫《さけ》ぶ。

モーアは、あっというまに氷《こおり》づけにされていた。

スフィアローパーは、最後《さいご》に残《のこ》ったカービィに向《む》き直《なお》る。

カービィは、キリッとした顔《かお》になって、スフィアローパーをにらみつけた。

「みんなを氷《こおり》づけにするなんて……ひどいや！」

戦《たたか》う覚悟《かくご》を決《き》めたカービィだが、コピー能力《のうりょく》を身《み》につけていないことを思《おも》い出《だ》して、あわてた。

「わわわっ。これじゃ、戦《たたか》えない！」

カービィは四方《しほう》を見回《みまわ》した。こっとう屋《や》で買《か》った「コピーのもと詰《つ》め合《あ》わせ」が、どこかにあるはず！

しかし、袋《ふくろ》は見当《みあ》たらなかった。

「え、えーと、たしかブレイドナイトがかついでたっけ……いけない、宮殿《きゅうでん》の中《なか》に置《お》きっぱなしだ！」

スフィアローパーは、容赦《ようしゃ》なく氷《こおり》のつぶてを飛《と》ばしてくる。

カービィは急《いそ》いで、宮殿《きゅうでん》に向《む》かって駆《か》け出《だ》した。

7 戦《たたか》いの結末《けつまつ》

メタナイトは、疲《つか》れ果《は》てていた。
ギャラクティックナイトは、前回戦《ぜんかいたたか》ったときよりも、さらに強《つよ》くなったように思《おも》える。
はげしい戦《たたか》いが続《つづ》いても、動《うご》きがにぶるどころか、ますますいきおいをましていく。
（それに比《くら》べて、私《わたし》は――）
傷《きず》ついた手足《てあし》は、おもりをつけられたように重《おも》く、思《おも》うように動《うご》けない。
はげしいランスの攻撃《こうげき》を、かろうじて防《ふせ》いだ瞬間《しゅんかん》、メタナイトはハッとした。
こころの中《なか》に、メロディが流《なが》れこんできたのだ。
「これは……！」
すぐに、ピンときた。あのハルカンドラ製《せい》のオルゴールが鳴《な》り出《だ》したにちがいない。

エナジースフィアを取《と》り出《だ》すためにこわしたはずだが、だれかが修理《しゅうり》したのか……。音楽《おんがく》に気《き》を取《と》られては、すきができる。ギャラクティックナイトとの戦《たたか》いにおいては、一瞬《いっしゅん》のすきが命取《いのちと》りになる。

メタナイトはこころを閉《と》ざし、戦《たたか》いに集中《しゅうちゅう》しようとした。

しかし、こころに響《ひび》くメロディは、大《おお》きくなるばかり。

最初《さいしょ》に聞《き》いた、冷《つめ》たく静《しず》かな音楽《おんがく》とはちがっていた。力強《ちからづよ》く、こころを高《たか》ぶらせる、勇《ゆう》壮《そう》な音楽《おんがく》だ。

そう、まるで――戦艦《せんかん》ハルバードがゆうゆうと暗黒《あんこく》の宇宙《うちゅう》を突《つ》き進《すす》んでいくような。

「音楽《おんがく》など……！」

集中《しゅうちゅう》のさまたげだ。

メタナイトは必死《ひっし》に、音楽《おんがく》をこころから追《お》い出《だ》そうとした。

ギャラクティックナイトの動《うご》きは変《か》わらなかった。彼《かれ》のこころには、音楽《おんがく》は響《ひび》いていないらしい。あるいは、そんなものにかき乱《みだ》されないほど、戦《たたか》いに集中《しゅうちゅう》しているのだろうか。

床《ゆか》から、炎《ほのお》の柱《はしら》が何本《なんぼん》も噴《ふ》き上《あ》がった。

フレイムスパイン。ギャラクティックナイトが得意《とくい》とする、危険《きけん》な大《おお》ワザだ。

メタナイトは注意深《ちゅういぶか》く炎《ほのお》の柱《はしら》をかわしたが、それこそギャラクティックナイトの狙《ねら》いどおりだった。

メタナイトの注意《ちゅうい》を炎《ほのお》の柱《はしら》にひきつけておいて、そのすきを突《つ》く。

一瞬《いっしゅん》のうちに、ギャラクティックナイトは間合《まあ》いを詰《つ》めていた。

神速《しんそく》のランスが、メタナイトを襲《おそ》う。

メタナイトはかろうじてかわしたものの、宝剣《ほうけん》ギャラクシアを取《と》り落《お》としてしまった。

「しまった……！」

メタナイトは剣《けん》をひろおうとして、体勢《たいせい》を崩《くず》した。

そこへ、**スピニングソード！**　高《たか》く飛《と》び上《あ》がったギャラクティックナイトが、回転《かいてん》しながら襲《おそ》いかかってくる。

絶体絶命《ぜったいぜつめい》か――。

そのときだった。

「メタナイト様《さま》！」

「勝負《しょうぶ》はここからですぞ！」

声《こえ》が響《ひび》いた。

宝剣《ほうけん》ギャラクシアをひろい上《あ》げたバル艦長《かんちょう》が、思《おも》いっきり放《ほう》り投《な》げる。

メタナイトはギャラクシアをつかみ、ギリギリのタイミングで、ギャラクティックナイトの攻撃《こうげき》をはじき返《かえ》した。

攻撃《こうげき》するチカラが大《おお》きかっただけに、反動《はんどう》も大《おお》きい。はじき返《かえ》されたギャラクティックナイトは、あおむけにのけぞり、倒《たお》れた。

「おまえたち……！」

メタナイトは息《いき》をはずませた。

バル艦長以下《かんちょういか》、メタナイトの部下《ぶか》たちが勢《せい》ぞろいして、武器《ぶき》をかまえている。

ソードナイトが叫《さけ》んだ。

「オレたちも戦《たたか》います、メタナイト様《さま》！」

「手出《てだ》しはするな。これは私《わたし》の……」

「手出《てだ》しではありません！　オレたちもギャラクティックナイトと戦《たたか》いたいだけです！」

「修行《しゅぎょう》、修行《しゅぎょう》だス～！」

武器《ぶき》をかまえた面々《めんめん》の先頭《せんとう》に立《た》つのは、腕《うで》組《ぐ》みをしたバル艦長《かんちょう》。

バル艦長《かんちょう》は、不敵《ふてき》な笑《え》みを浮《う》かべて言《い》い放《はな》った。

「あらゆる攻撃《こうげき》を使《つか》いこなしてこそ、真《しん》の剣《けん》士《し》というもの。われわれは、メタナイト様《さま》の武器《ぶき》となって戦《たたか》いますぞ！」

ギャラクティックナイトがはね起《お》きた。

仮面《かめん》に隠《かく》された、真紅《しんく》の瞳《ひとみ》がかがやきを増《ま》す。

ギャラクティックナイトの動《うご》きが、加速《かそく》した！

「あった、あった〜！」

はげしい戦《たたか》いが繰《く》り広《ひろ》げられている広間《ひろま》の片隅《かたすみ》で、カービィははしゃいだ声《こえ》を上《あ》げた。

床《ゆか》に転《ころ》がっている、「コピーのもと詰《つ》め合《あ》わせ」袋《ぶくろ》を見《み》つけたのだ。

「もう！　だいじなものなのに、こんなところにほったらかすなんて」

ぶつぶつ言《い》っているカービィの背中《せなか》に、ぞっとするような冷気《れいき》が迫《せま》った。銀色《ぎんいろ》のスフィアローパーが襲《おそ》いかかってきたのだ。

「わわわっ」

カービィは飛《と》びのいて、急《いそ》いで袋《ふくろ》の口《くち》をあけた。

「えーと、えーと、敵《てき》が氷使《こおりつか》いだから……ファイアがいいかなあ……」

コピーのもとを、ガサゴソとさがす。だが、お徳用詰《とくようつ》め合《あ》わせセットの中身《なかみ》は、数《かず》が多《おお》すぎて、さがしづらい。

「えーと、えーと……ストーンじゃなくて……コックじゃなくて……わわわわっ」

スフィアローパーは次々《つぎつぎ》に攻撃《こうげき》を繰《く》り出《だ》してくる。カービィは左右《さゆう》に跳《と》びはねて冷気《れいき》をよけながら、袋《ふくろ》の中身《なかみ》を確《たし》かめた。

だが、ファイアはなかなか見《み》つからない。ぐずぐずしていては、冷気《れいき》にやられてしまう。

「もう、これでいいや！」

適当《てきとう》につかみ出《だ》したコピーのもとを高《たか》くかかげた瞬間《しゅんかん》、カービィの姿《すがた》が変化《へんか》した。

背中《せなか》に、小《ちい》さなつばさ。頭《あたま》の上《うえ》に、金色《きんいろ》の輪《わ》。そして、美《うつく》しい弓《ゆみ》と、ハートの矢《や》。

天使《てんし》のような姿《すがた》に変身《へんしん》するコピー能力《のうりょく》――エンジェル！

カービィは勇気《ゆうき》りんりん、銀色《ぎんいろ》のスフィアローパーの前《まえ》に立《た》ちはだかった。

スフィアローパーは、カービィの姿《すがた》を見《み》て、ますます荒《あ》れ狂《くる》った。

大《おお》きく息《いき》を吸《す》いこみ、特大《とくだい》の冷気《れいき》を吹《ふ》きつける。

「たぁ！」

カービィは軽《かろ》やかにかわすと、ハートの矢《や》を弓《ゆみ》につがえて、つるを引《ひ》きしぼった。

放《はな》つ！　矢《や》は、スフィアローパーのつばさをかすめた。

スフィアローパーはかん高《だか》い声《こえ》を上《あ》げ、ふたたび冷気《れいき》を吐《は》こうと、大《おお》きく息《いき》を吸《す》いこんだ。

しかし、カービィのほうが速《はや》い。

「たぁあ！　たぁあ！　たぁああああ――――！」

目《め》にも留《と》まらぬ連射《れんしゃ》！

ハートの矢《や》が次々《つぎつぎ》に刺《さ》さり、スフィアローパーは動《うご》きを止《と》めた。

なんとか体勢《たいせい》を立《た》て直《なお》すと、自分《じぶん》のからだのまわりに、無数《むすう》の氷《こおり》の刃《やいば》を張《は》りめぐらせる。

つばさをはためかせると同時《どうじ》に、氷《こおり》の刃《やいば》はカービィめがけて飛《と》んだ。

しかし、カービィは少《すこ》しもひるまなかった。

「たああああ――――！」

すばやく宙《ちゅう》を飛《と》んで攻撃《こうげき》をかわすと、思《おも》いっきりチカラをためて、弓《ゆみ》を引《ひ》いた。

たじろぐスフィアローパーに狙《ねら》いを定《さだ》めて、カービィは叫《さけ》んだ。

「行《い》くよ〜！」


メタナイツたちは呼吸《こきゅう》をそろえて、いっせいにギャラクティックナイトに飛《と》びかかった。

ギャラクティックナイトは、巨大《きょだい》なランスを回転《かいてん》させた。ただの一撃《いちげき》で、メタナイツたち全員《ぜんいん》がふっ飛《と》んだ。

「い、いかん……！」

見守《みまも》るバル艦長《かんちょう》は、手《て》に汗《あせ》を握《にぎ》った。

ソードナイトとブレイドナイトは、みごとな連《れん》けいで飛《と》び上《あ》がり、ギャラクティックナイトを狙《ねら》った。

「食《く》らえ——！」

頭上《ずじょう》からの攻撃《こうげき》は、しかし、すばやくかわされてしまった。

返《かえ》す一振《ひとふ》りで、ソードナイトとブレイドナイトを打《う》ちのめす。二人《ふたり》は防御《ぼうぎょ》することもできず、まともに攻撃《こうげき》を食《く》らって床《ゆか》に叩《たた》きつけられた。

バル艦長《かんちょう》が、うめいた。

「つ、強《つよ》すぎる……！　なんという、ケタはずれの強《つよ》さ……！」

メタナイトは、宝剣《ほうけん》ギャラクシアを握《にぎ》り直《なお》した。

バル艦長《かんちょう》が言《い》うとおり、ギャラクティックナイトの強《つよ》さはケタはずれ。

しかしメタナイトは、恐《おそ》れるどころか、ますます闘志《とうし》がみなぎるのを感《かん》じていた。

疲《つか》れきっていたはずのからだが、軽《かる》くなる。傷《きず》の痛《いた》みが消《き》えていく。

部下《ぶか》たちの戦《たたか》う姿《すがた》が、メタナイトにチカラを与《あた》えてくれたのだ。

こころに響《ひび》くメロディは、もう、戦《たたか》いのさまたげにはならなかった。それどころか、メロディを通《つう》じて、部下《ぶか》たちと気《き》もちが一つになってゆく。

もっともっと、強《つよ》くなりたい。

その願《ねが》いは変《か》わらなかったけれど、そこに、もう一つの思《おも》いが加《くわ》わった。

——私《わたし》は、かならず、強《つよ》くなれる。この部下《ぶか》たちがいるかぎり！

メタナイトは床《ゆか》をけって、ギャラクティックナイトに突進《とっしん》した。

ギャラクティックナイトはすばやくかわしたが、メタナイトはスライディングで回《まわ》りこみ、側面《そくめん》からするどく斬《き》りつけた。

ギャラクティックナイトの動《うご》きが止《と》まった。今《いま》の一撃《いちげき》で、呼吸《こきゅう》もできなくなるほどの衝《しょう》撃《げき》を受《う》けたのだ。

しかし、次《つぎ》の瞬間《しゅんかん》、ギャラクティックナイトは体勢《たいせい》を立《た》て直《なお》していた。

バラ色《いろ》のランスを前方《ぜんぽう》に突《つ》き出《だ》し、メタナイトに挑《いど》みかかってくる。

メタナイトは、ギャラクティックナイトを上回《うわまわ》るスピードで、斬《き》りかかっていった。

「メタナイト様《さま》……！」

バル艦長《かんちょう》の、祈《いの》るような声《こえ》が響《ひび》いた。

ギャラクティックナイトのランスが迫《せま》る。

しかし、わずかにメタナイトのほうが速《はや》かった。

宝剣《ほうけん》ギャラクシアはメタナイトの思《おも》いにこたえるようにかがやき、ギャラクティックナイトが持《も》つ盾《たて》をはじき飛《と》ばした。

バランスを崩《くず》したギャラクティックナイトめがけて、メタナイトは全身《ぜんしん》のチカラをこめ

て、ギャラクシアを振《ふ》り下《お》ろした。

銀河最強《ぎんがさいきょう》の戦士《せんし》すらも上回《うわまわ》る、究極《きゅうきょく》の斬撃《ざんげき》。

すさまじい衝撃《しょうげき》に、宮殿《きゅうでん》が揺《ゆ》れた。

ギャラクティックナイトはぐらりとよろめいたかと思《おも》うと、その場《ば》にくずおれた。

動《うご》かなくなったギャラクティックナイトのからだが、少《すこ》しずつ、うすむらさき色《いろ》の光《ひかり》に包《つつ》まれ始《はじ》めた。

「おお……封印《ふういん》のクリスタルが……！」

バル艦長《かんちょう》が叫《さけ》んだ。

ギャラクティックナイトがチカラを失《うしな》ったために、ふたたび封印《ふういん》のクリスタルが出現《しゅつげん》したのだ。

みるみるうちに、ギャラクティックナイトの純白《じゅんぱく》のからだは、クリスタルに吸《す》いこまれるように消《き》えてしまった。

「メ……メタナイト様《さま》……！　さすがですぞ……！」

バル艦長《かんちょう》は目《め》に涙《なみだ》を浮《う》かべ、メタナイトに駆《か》けよった。

メタナイトは宝剣《ほうけん》ギャラクシアを床《ゆか》に置《お》き、じっとうずくまっていた。最後《さいご》の一撃《いちげき》で、チカラを使《つか》い果《は》たしてしまったのだ。

そんなメタナイトに、傷《きず》ついた部下《ぶか》たちが、はうように近《ちか》づいていった。

「メタナイト様《さま》、勝《か》ったんですね……！」

「あ、あのギャラクティックナイトに……」

「やっぱりメタナイト様《さま》は銀河一《ぎんがいち》の剣士《けんし》だ……！」

みんなの声《こえ》は弱々《よわよわ》しいが、よろこびにあふれていた。

感動《かんどう》に震《ふる》えていたバル艦長《かんちょう》だが、ふと気《き》づいて、叫《さけ》んだ。

「む、まだ終《お》わりではないぞ。このクリスタルを、異世界《いせかい》に返《かえ》さなくてはならん。異空間《いくうかん》ロードは、どうなって……」

彼《かれ》はあたりを見回《みまわ》し、絶句《ぜっく》した。


「せ〜の！」

カービィは元気《げんき》よく叫《さけ》んで、ハートの矢《や》を放《はな》った。

三本《ぼん》の矢《や》が同時《どうじ》に飛《と》び、スフィアローパーを襲《おそ》う。

スフィアローパーは、あわてて氷《こおり》のバリアを張《は》りめぐらせ、身《み》を守《まも》った。

バリアは矢《や》をはじいたが、衝撃《しょうげき》で解除《かいじょ》されてしまった。スフィアローパーにはもう、バリアを張《は》るチカラは残《のこ》っていない。

カービィの攻撃《こうげき》は止《と》まらない。

「とどめだ〜！」

叫《さけ》んで、さらに強《つよ》く弓《ゆみ》を引《ひ》く。矢《や》の先端《せんたん》のハートが、赤《あか》くかがやいた。

もう、逃《に》げることも防《ふせ》ぐこともできない。スフィアローパー、あやうし！

そこへ、すっ飛《と》んできたのは、バル艦長《かんちょう》だった。

「待《ま》て待《ま》て待《ま》て〜い！　やめろ、カービィ！」

バル艦長《かんちょう》は、カービィとスフィアローパーの間《あいだ》に割《わ》って入《はい》った。

矢《や》を放《はな》つ寸前《すんぜん》だったカービィは、あわてて弓《ゆみ》を下《お》ろした。

「わっ、あぶないなあ。戦《たたか》ってるところに近《ちか》づいたらダメだよ、バル艦長《かんちょう》」

「やりすぎだ！　スフィアローパーを倒《たお》してしまったら、また異空間《いくうかん》ロードが使《つか》えなくなるではないかっ！」

「……え？」

カービィは、やっと思《おも》い出《だ》した。わざわざスフィアローパーを呼《よ》び出《だ》した目的《もくてき》を。

「あ、そうだった。倒《たお》しちゃいけないんだね。ぼく、すっかり忘《わす》れてた」

カービィはくるんと一回転《かいてん》し、コピー能力《のうりょく》をはずした。

「まったく……エンジェルが聞《き》いてあきれるわ……ピンクの悪魔《あくま》め……」

バル艦長《かんちょう》は小声《こごえ》でぶつぶつ言《い》ってから、声《こえ》を上《あ》げて伝《つた》えた。

「ギャラクティックナイトは、ふたたび封印《ふういん》されたぞ」

「ほんと!?　メタナイトが勝《か》ったの？」

「うむ！　銀河《ぎんが》の歴史《れきし》に残《のこ》るほどのはげしい戦《たたか》いであったが、メタナイト様《さま》はみごとであった……あの最後《さいご》の一撃《いちげき》……ワシの目《め》に焼《や》きついておる……」

バル艦長《かんちょう》は、じーんとして目《め》を閉《と》じ、胸《むね》に手《て》を当《あ》てた。

目《め》を開《あ》けたとき、もうカービィはいなかった。


「メタナイト～！　やったね！　やっぱりメタナイトはすごいや！」

メタナイトに駆《か》けよったカービィは、いつものように飛《と》びつこうとして、思《おも》いとどまった。彼《かれ》が無数《むすう》の傷《きず》を負《お》い、疲《つか》れ果《は》てていることがわかったからだ。

「だいじょーぶ？」

「……ああ。それより、カービィ、異空間《いくうかん》ロードは……」

「うん！　スフィアローパーが開《ひら》いてくれたよ！」

振《ふ》り返《かえ》ったカービィの目《め》に映《うつ》ったのは、命《いのち》からがら逃《に》げていく銀色《ぎんいろ》のスフィアローパーの後《うし》ろ姿《すがた》だった。

「あ、待《ま》って。異空間《いくうかん》に帰《かえ》るなら、クリスタルを持《も》っていって」

カービィの声《こえ》を聞《き》いたスフィアローパーは、かん高《だか》い悲鳴《ひめい》を発《はっ》しながら逃《に》げていく。

「待《ま》ってってば〜！」

カービィは大声《おおごえ》を上《あ》げて、スフィアローパーを追《お》いかけた。


カービィは、やっと見《み》つけ出《だ》した「ファイア」のコピー能力《のうりょく》を身《み》につけ、氷《こおり》づけになっている面々《めんめん》に順番《じゅんばん》に炎《ほのお》を吹《ふ》きつけた。

ワドルディの氷《こおり》はうまく溶《と》かすことができたが、デデデ大王《だいおう》はからだが大《おお》きいので、念《ねん》のため火力《かりょく》を上《あ》げたのが悪《わる》かった。

「あちちち！　熱《あつ》いわーい！」

あやうく、やけどをしそうになったデデデ大王《だいおう》は、飛《と》び上《あ》がった。

「あ、ごめんね。火《ひ》が強《つよ》すぎたね」

「オレ様《さま》を丸焼《まるや》きにする気《き》か！」

すっかりおとなしくなったスフィアローパーは、この光景《こうけい》を見《み》て、ブルブル震《ふる》えていた。

カービィの強《つよ》さに、打《う》ちのめされている。

最後《さいご》にモーアを溶《と》かすと、モーアはわれに返《かえ》ったように叫《さけ》んだ。

「逃《に》げるんだ、カービィちゃん！　ぼくが助《たす》けてあげる……！」

「もう終《お》わったんだよ、モーア。もう、だいじょーぶ！」

カービィは明《あか》るい声《こえ》で叫《さけ》んだ。モーアはとまどい、きょろきょろした。

「終《お》わった……？　え……？　あれ……？」

「クリスタルを異空間《いくうかん》へ返《かえ》すよ！」

宮殿《きゅうでん》から運《はこ》び出《だ》されたクリスタルは、うすむらさき色《いろ》の宝石《ほうせき》のようにかがやいていた。

カービィは、銀色《ぎんいろ》のスフィアローパーに話《はな》しかけた。

「もう、異空間《いくうかん》へ帰《かえ》っていいよ。封印《ふういん》のクリスタルを持《も》っていってね」

銀色《ぎんいろ》のスフィアローパーは、カービィに敵意《てきい》がないことがわかったらしく、ようやく、おびえるのをやめた。

スフィアローパーがつばさを広《ひろ》げると、封印《ふういん》のクリスタルは、音《おと》もなく浮《う》かび上《あ》がった。

みんな、ふしぎな気《き》もちでクリスタルを見守《みまも》った。

こんなに美《うつく》しく澄《す》んだクリスタルの中《なか》に、あの最強《さいきょう》の戦士《せんし》が封《ふう》じこめられているなんて……信《しん》じられないような思《おも》いだった。

メタナイトは、みんなから少《すこ》し離《はな》れた場所《ばしょ》に立《た》ち、クリスタルを見《み》つめていた。仮面《かめん》の下《した》でどんな表情《ひょうじょう》を浮《う》かべているのか、もちろんだれにもわからない。だが、クリスタルを見《み》つめる瞳《ひとみ》には勝利《しょうり》のよろこびではなく、もっと複雑《ふくざつ》な気《き》もちがにじみ出《で》ていた。

クリスタルはゆるやかに回転《かいてん》しながら、異空間《いくうかん》ロードに通《つう》じる星形《ほしがた》の穴《あな》へと吸《す》いこまれていった。

銀色《ぎんいろ》のスフィアローパーはそれを見届《みとど》けると、自分《じぶん》もふわりと飛《と》び上《あ》がって、一直線《いっちょくせん》に星形《ほしがた》の穴《あな》に飛《と》びこんでいった。

少《すこ》しずつ、星形《ほしがた》の穴《あな》が小《ちい》さくなっていく。

みんなが、ホッとため息《いき》をついたときだった。

宮殿《きゅうでん》の中《なか》から、あたふたと、むらさき色《いろ》の小《ちい》さなものが

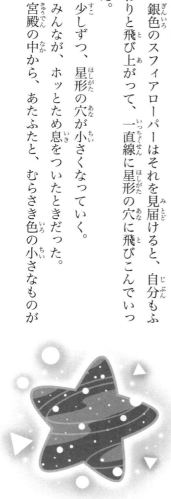

漂《ただよ》ってきた。

デデデ大王《だいおう》が気《き》づいて言《い》った。

「なんだ。おまえ、まだいたのか。ぐずぐずしてると、置《お》いていかれるぞ。急《いそ》げ！」

小《ちい》さなスフィアローパーは、その言葉《ことば》が通《つう》じたかのようにスピードを速《はや》めた。

つばさで抱《かか》えこむようにして、大《おお》きな袋《ふくろ》を持《も》っている。ワドルディが言《い》った。

「あ……それ、『コピーのもと詰《つ》め合《あ》わせ』……？」

「む？　それをどうしようというのだ？」

バル艦長《かんちょう》が問《と》いかけたが、スフィアローパーは急《いそ》いで飛《と》び上《あ》がり、星形《ほしがた》の穴《あな》にすべりこんだ。

カービィがあわてて叫《さけ》んだ。

「あ、待《ま》って待《ま》って！　それ、ぼくのだよ～！」

カービィは、むらさき色《いろ》のスフィアローパーに飛《と》びつこうとし、デデデ大王《だいおう》やメタナイツたちに止《と》められた。

「やめろ、カービィ！」

「穴《あな》がふさがったら、こっちに戻《もど》れなくなっちゃうぞ！」

「でも〜！　ぼくの、『コピーのもと詰《つ》め合《あ》わせ』〜！」

バル艦長《かんちょう》も、負《ま》けじと大声《おおごえ》で叫《さけ》んだ。

「ワシのだ！　ワシがお金《かね》を払《はら》ったんだからな！　返《かえ》せ〜！　いや、返《かえ》さなくてもいいから、代金《だいきん》を払《はら》え〜！」

「艦長《かんちょう》、せこいだス……」

星形《ほしがた》の穴《あな》は、むらさき色《いろ》のスフィアローパーを飲《の》みこむと、たちまち消滅《しょうめつ》してしまった。

異空間《いくうかん》ロードとこちらの世界《せかい》とのつながりは、完全《かんぜん》に断《た》たれた。

ワドルディが言《い》った。

「スフィアローパー……コピーのもとが気《き》に入《い》ったんだね。きっと、カービィがコピー能《のう》力《りょく》で戦《たたか》うのを見《み》て、あこがれたんだよ」

「そんなぁ……あれさえあれば、いつでもコピー能力《のうりょく》を使《つか》い放題《ほうだい》だったのに……」

カービィは、がっかりした。

デデデ大王《だいおう》が言《い》った。

「そんなことになったら、たいへんだわい。持《も》っていってもらって、よかったわい」

「うーん……」

残念《ざんねん》ではあったが、仕方《しかた》ない。

あきらめがいいのが、カービィのいいところ。すぐに、ケロッとして言《い》った。

「とにかく、片付《かたづ》いてよかったね。みんな、おなかすいたでしょ？　ハルバードに戻《もど》って、おやつを食《た》べようよ！」

「賛成《さんせい》だわい。今回《こんかい》の一件《いっけん》、メタナイトのせいで、ひどい目《め》にあったからな。山《やま》ほどごちそうしてもらわなければ、気《き》がすまんわい！」

デデデ大王《だいおう》が、恩着《おんき》せがましく言《い》う。

メタナイトは無言《むごん》で、クリスタルが消《き》えた宙《ちゅう》を見《み》つめていた。

8 真《しん》の強《つよ》さとは

戦艦《せんかん》ハルバードのロビーで、モーアはみんなに深々《ふかぶか》と頭《あたま》を下《さ》げた。

「みなさん。今回《こんかい》のことは、本当《ほんとう》にごめんなさい」

「む……」

バル艦長《かんちょう》はいかめしい態度《たいど》を取《と》ろうとしたが、モーアがすなおすぎて、あまり叱《しか》る気《き》になれなかった。

でも、言《い》うべきことは、言《い》わないと。艦長《かんちょう》らしく、威厳《いげん》をもって。

「よいか、モーア。ワシらが本当《ほんとう》に腹立《はらだ》たしいのは、だまされたことではない。おまえが、あさはかな考《かんが》えで、メタナイト様《さま》を利用《りよう》しようとしたことだ」

「……はい」

「ひとを利用《りよう》しようとする者《もの》は、かならず、しっぺ返《がえ》しを食《く》らうんだ。わかったな」

「よくわかりました。もう、二度《にど》としません」

もう一度《いちど》、深《ふか》く頭《あたま》を下《さ》げたモーアを見《み》て、ソードナイトが言《い》った。

「わかればいい。おまえ、これからどうするんだ？」

「これから……？」

「この戦艦《せんかん》ハルバードで修行《しゅぎょう》を続《つづ》けるか？　おくびょうな性格《せいかく》を直《なお》したいなら、オレがたたき直《なお》してやるぞ！」

からかうように言《い》われて、モーアは首《くび》を振《ふ》った。

「い、いえ！　ぼくには、メタナイト様《さま》の部下《ぶか》なんてムリだって、よくわかりました。それより、ぼく……」

モーアは、あこがれをこめて、カービィを見《み》た。カービィはイスに座《すわ》り、早《はや》くおやつが出《で》てこないかとそわそわしている。

「カービィちゃん……いえ、カービィさんの弟子《でし》になりたいです」

「……何《なに》？」

「ぼく、誤解《ごかい》していました。カービィさんは、本当《ほんとう》はすごい戦士《せんし》なんですね。異空間《いくうかん》のいきものですら、圧倒《あっとう》するほど」

「……フム」

バル艦長《かんちょう》がうなずいた。

「やっと、わかったか。カービィは、ただの小《ちい》さくて丸《まる》くてかわいいヤツではないのだ」

「小《ちい》さくて丸《まる》くて食《く》い意地《いじ》の張《は》った、ピンクの悪魔《あくま》だス」

メイスナイトが小声《こごえ》でつけ加《くわ》える。

でも、そんな言葉《ことば》はモーアの耳《みみ》には入《はい》っていない。彼《かれ》は、うっとりした目《め》でカービィを見《み》て言《い》った。

「カービィさんの弟子《でし》になって、いろいろなことを学《まな》びたいんです。勇気《ゆうき》とか、根性《こんじょう》とか、思《おも》いやりとか。ぼく、カービィさんのようになりたいです！」

「い、いや、それは……」

ブレイドナイトが言《い》った。

「やめたほうがいいぞ。というか、なれるわけがないぞ」

「もちろん、カービィさんみたいにリッパになるのは、むずかしいです。でも、ぼく、少《すこ》しでも近《ちか》づきたいんです。そのために、カービィさんの弟子《でし》になって、カービィさんのすべてを学《まな》んで……」

モーアが力説《りきせつ》しているところへ、ちょうど、山《やま》ほどのおやつが運《はこ》ばれてきた。ジャベリンナイトとトライデントナイトが、ケーキやパイやパフェなどをテーブルの上《うえ》に並《なら》べていく。

とたんに、カービィがイスから飛《と》び上《あ》がって叫《さけ》んだ。

「きゃあ！　おやつ、おやつ～！　ショートケーキちょうだい！　あと、チョコレートケーキとアップルパイとシュークリームと、あと、あと……！」

カービィは、積《つ》み上《あ》げられたおやつを、片《かた》っぱしから口《くち》に放《ほう》りこんでいく。そのいきおいといったら、まるで、あらゆるものを吸《す》いこんでしまうブラックホールのよう。

モーアは、あぜんとしてカービィの食《た》べっぷりを見《み》つめていた。

「おかわり、おかわり～！　もっと、もっと～！」

生《なま》クリームを口《くち》の端《はし》につけ、満面《まんめん》の笑《え》みのカービィに、アックスナイトが悲鳴《ひめい》を上《あ》げた。

「カービィ、ちょっとは遠慮《えんりょ》してくれ。オレたちの夜食《やしょく》がなくなっちゃうじゃないか！」

「もっと作《つく》ればいいよ。ハルバードのおやつ、おいしいよ〜！」

モーアは、がつがつとケーキに食《く》らいつくカービィから目《め》をそらせて、そっと言《い》った。

「あの……ぼく、やっぱり家《いえ》に帰《かえ》ります。カービィさんに弟子入《でしい》りするのは、やめておきます」

「ウム、それが良《よ》かろう」

バル艦長《かんちょう》はうなずき、自分《じぶん》もシュークリームを一つ取《と》って口《くち》に放《ほう》りこんだ。

「ところで、モーア。おまえ、何《なに》を持《も》っているのだ？」

バル艦長《かんちょう》は、モーアが手《て》にしているものに気《き》づいてたずねた。

モーアは、おずおずとそれを目《め》の前《まえ》にかかげた。

「オルゴール……です。ハルカンドラ製《せい》の……」

「むむ。いつのまに」

「すみません。これ、持《も》って帰《かえ》ってはいけないでしょうか。だいじにするので……」

「別《べつ》に、かまわんが。もう鳴《な》らんぞ。エナジースフィアがないからな」

「いいんです。もう音楽《おんがく》は流《なが》れないけど、ぼくは覚《おぼ》えているんです。このオルゴールが、ぼくだけに聞《き》かせてくれたメロディを」

「……むむ？」

「すごく、勇気《ゆうき》づけられたんです。こころに、しみるメロディでした」

モーアは顔《かお》を上《あ》げた。

「ぼくはおくびょうで、弱虫《よわむし》だけど、この音楽《おんがく》を思《おも》い出《だ》せば、勇気《ゆうき》がわいてくると思《おも》うんです。メタナイト様《さま》やカービィさんのことを思《おも》って、はげまされる気《き》がするんです」

「……ウム。そうか」

バル艦長《かんちょう》は、シュークリームをまた一つ、口《くち》に放《ほう》りこんでうなずいた。

「くじけそうなとき、そのオルゴールを見《み》れば、今回《こんかい》のことを思《おも》い出《だ》して、勇気《ゆうき》がわいてくるだろう。よろしい、そのオルゴールを持《も》って行《い》くがいい」

「ありがとうございます」

モーアはにっこりして、オルゴールをギュッと抱《だ》きしめた。

「ぼく、メタナイト様《さま》にあやまります。許《ゆる》してもらえるかどうかはわからないけど、おわびを言《い》わなきゃ……」

モーアはロビーを見回《みまわ》したが、メタナイトの姿《すがた》はない。

「あれ……？　メタナイト様《さま》は、どこに……」

「今《いま》は、みなと顔《かお》を合《あ》わせたくないのだろう」

バル艦長《かんちょう》が答《こた》えた。

「よくあることだ。しばらくすれば、ふらりと戻《もど》ってくる」

そう言《い》って、バル艦長《かんちょう》はまたシュークリームを一つつかみ、口《くち》に放《ほう》りこんだ。


メタナイトは、甲板《かんぱん》にいた。

暗黒《あんこく》の宇宙《うちゅう》をじっと見《み》つめている。そこへ――。

「あ、いたいた。メタナイト、何《なに》してるの〜？　おやつ、食《た》べないの？」

カービィがやってきて、メタナイトのとなりに並《なら》んだ。

メタナイトは何《なに》も言《い》わない。

カービィは心配《しんぱい》になって、たずねてみた。

「まだ、モーアのこと怒《おこ》ってる？　メタナイトにあやまりたいって言《い》ってたよ」

「いや」

メタナイトはようやく、言葉《ことば》を口《くち》にした。

「モーアのことは、かまわない。今回《こんかい》の件《けん》は、彼《かれ》のせいではない」

「でも……」

「モーアは、きっかけを作《つく》っただけだ。彼《かれ》のことがなくても、いずれ私《わたし》は――」

「……え？」

「私《わたし》は、ギャラクティックナイトとの再戦《さいせん》を望《のぞ》んだだろう」

メタナイトは、仮面《かめん》の下《した》で、そっと目《め》を閉《と》じた。

「私《わたし》のこころは、強《つよ》さをもとめてやまない。大《おお》きな災《わざわ》いを引《ひ》き起《お》こしかねないと、わかってはいても、止《と》められないのだ」

「……ふうん……」

カービィは、ふしぎに思《おも》った。

強《つよ》くなることなんかより、もっとすてきなことがたくさんある。おいしいものを食《た》べるとか、くたくたになるまで友《とも》だちと遊《あそ》ぶとか、すずしい木《こ》かげでぐっすり昼寝《ひるね》をするとか。

でも、メタナイトの気《き》もちも、少《すこ》しわかるような気《き》がした。

「メタナイトは、もっともっと強《つよ》くなって、みんなを守《まも》りたいんだね」

カービィが言《い》うと、メタナイトはうつむき、小声《こごえ》でつぶやいた。

「……時《とき》に私《わたし》はその思《おも》いを忘《わす》れ、ただ自分《じぶん》のために強《つよ》さを望《のぞ》んでしまいそうになるのだ」

「え？」

「いや、なんでもない。とにかく、今回《こんかい》の戦《たたか》いを終《お》えて、私《わたし》は以前《いぜん》より少《すこ》し強《つよ》くなれた気《き》がする。ギャラクティックナイトよりも、むしろ君《きみ》たちのおかげでな」

「え？　どういうこと？」

「真《しん》の強《つよ》さとは、強敵《きょうてき》を倒《たお》すチカラのことではない。それを教《おし》えられたのさ」

カービィは、きょとんとした。メタナイトは、いつもいつも、むずかしいことを考《かんが》えていて、カービィにはよくわからない。

ともかく、ずっと態度《たいど》がおかしかったメタナイトがもとにもどってくれたので、カービィはうれしかった。

「ロビーに行《い》って、みんなといっしょにおやつを食《た》べようよ、メタナイト」

「いや、私《わたし》は……」

「メタナイトは、おやつ嫌《きら》い？　あまいもの食《た》べないの？」

「……そうは言《い》っていない」

メタナイトはカービィに引《ひ》っぱられて、甲板《かんぱん》を離《はな》れた。

長《なが》い通路《つうろ》を歩《ある》きながら、彼《かれ》は、声《こえ》に出《だ》さずにこころの中《なか》でつぶやいた。

（――願《ねが》わくは、ギャラクティックナイトではなく、君《きみ》のような強《つよ》さをもちたいものだ）

ロビーのほうから、みんなが楽《たの》しそうに笑《わら》う声《こえ》が聞《き》こえ、あまいおやつの香《かお》りが漂《ただよ》ってきた。

角川つばさ文庫

高瀬美恵／作

東京都出身、O型。代表作に角川つばさ文庫「逆転裁判」「牧場物語」「GIRLS MODE」各シリーズなど。ライトノベルやゲームのノベライズ、さらにゲームのシナリオ執筆でも活躍中。

苅野タウ・ぽと／絵

東京都在住。姉妹イラストレーター。主な作品として「サンリオキャラクターえほんハローキティ」シリーズ（イラスト担当）などがある。

角川《かどかわ》つばさ文庫《ぶんこ》

星《ほし》のカービィ

メタナイトと銀河《ぎんが》最強《さいきょう》の戦士《せんし》

作《さく**》 高瀬美恵《たかせみえ》**

絵《え》 苅野《かりの》タウ・ぽと

2017年3月15日　初版発行
2022年10月20日　32版発行

発行者　青柳昌行
発　行　株式会社KADOKAWA
〒102-8177　東京都千代田区富士見 2-13-3
電話　0570-002-301（ナビダイヤル）
印　刷　株式会社KADOKAWA
製　本　株式会社KADOKAWA
装　丁　ムシカゴグラフィクス

ISBN978-4-04-631690-5　C8293　N.D.C.913　214p　18cm

●お問い合わせ
https://www.kadokawa.co.jp/（「お問い合わせ」へお進みください）
※内容によっては、お答えできない場合があります。
※サポートは日本国内のみとさせていただきます。
※Japanese text only

読者のみなさまからのお便りをお待ちしています。下のあて先まで送ってね。
いただいたお便りは、編集部から著者へおわたしいたします。
〒102-8177　東京都千代田区富士見 2-13-3　角川つばさ文庫編集部

角川つばさ文庫発刊のことば

角川グループでは『セーラー服と機関銃』(81)、『時をかける少女』(83・06)、『ぼくらの七日間戦争』(88)、『リング』(98)、『ブレイブ・ストーリー』(06)、『バッテリー』(07)、『DIVE!!』(08)など、角川文庫と映像とのメディアミックスによって、「読書の楽しみ」を提供してきました。

角川文庫創刊60周年を期に、十代の読書体験を調べてみたところ、角川グループの発行するさまざまなジャンルの文庫が、小・中学校でたくさん読まれていることを知りました。

そこで、文庫を読む前のさらに若いみなさんに、スポーツやマンガやゲームと同じように「本を読むこと」を体験してもらいたいと「角川つばさ文庫」をつくりました。

読書は自転車と同じように、最初は少しの練習が必要です。しかし、読んでいく楽しさを知れば、どんな遠くの世界にも自分の速度で出かけることができます。それは、想像力という「つばさ」を手に入れたことにほかなりません。

「角川つばさ文庫」では、読者のみなさんといっしょに成長していける、新しい物語、新しいノンフィクション、角川グループのベストセラー、ライトノベル、ファンタジー、クラシックスなど、はば広いジャンルの物語に出会える「場」を、みなさんとつくっていきたいと考えています。

読んだ人の数だけ生まれる豊かな物語の世界。そこで体験する喜びや悲しみ、くやしさや恐ろしさは、本の世界の出来事ではありますが、みなさんの心を確実にゆさぶり、やがて知となり実となる「種」を残してくれるでしょう。

かつての角川文庫の読者がそうであったように、「角川つばさ文庫」の読者のみなさんが、その「種」から「21世紀のエンタテインメント」をつくっていってくれたなら、こんなにうれしいことはありません。

物語の世界を自分の「つばさ」で自由自在に飛び、自分で未来をきりひらいていってください。

ひらけば、どこへでも。——角川つばさ文庫の願いです。

角川つばさ文庫編集部